www.ingramcontent.com/pod-product-compliance
Lightning Source LLC
LaVergne TN
LVHW010828051026
849532LV00007B/2646
* 9 7 8 8 1 9 6 0 5 4 1 9 9 *

اندیشۂ شہر

(مزاحیہ مضامین)

احمد جمال پاشا

© Ahmed Jamal Pasha

Andesha-e-Shahr *(Humorous Essays)*

by: Ahmed Jamal Pasha

Edition: October '2025

Publisher :

Taemeer Publications LLC (Michigan, USA / Hyderabad, India)

ISBN 978-81-960541-9-9

9 788196 054199

© احمد جمال پاشا

کتاب	:	**اندیشۂ شہر** (مزاحیہ مضامین)
مصنف	:	**احمد جمال پاشا**
صنف	:	طنز و مزاح
ناشر	:	تعمیر پبلی کیشنز (حیدرآباد، انڈیا)
سالِ اشاعت	:	۲۰۲۵ء
صفحات	:	۱۰۸
سرورق ڈیزائن	:	تعمیر ویب ڈیزائن

فہرست

مقدمہ

ڈاکٹر وزیر آغا

احمد جمال پاشا صاحب کے "ظریف" ہونے میں اب مجھے قطعاً کوئی شبہ نہیں. ان کی مزاح نگاری کی صلاحیتوں کا تو میں ایک مدت سے معترف تھا، بلکہ جس روز میں نے "اسکالر" میں ان کی پیروڈی ـــــ "کیوڑا ایک تحقیقی اور تنقیدی مطالعہ" پڑھی تھی تو میں نے اپنے احباب سے صاف لفظوں میں کہہ دیا تھا کہ "یہ صاحبزادے جوان ہوتے نظر نہیں آتے!". پھر جب ان کے دوسرے مضامین دیکھنے کا اتفاق ہوا، یعنی جب وہ خلاف توقع "جوان" ہو گئے تو میں بھی آہستہ آہستہ اپنی "قیافہ شناسی سے منحرف ہونے لگا اور ان کی مزاح نگاری کا معترف ہوتا چلا گیا. کچھ عرصہ

ہوں ان کی تصویر ایک ماہنامے میں دیکھی تو یقین نہیں آتا تھا کہ یہ صاحب مزاح نگار بھی ہو سکتے ہیں۔ کیونکہ مزاح نگاری کے لیے راجہ مہدی علی خاں یا مجید لاہوری کی طرح "فربہ اندام" ہونا ضروری ہے۔ اور پاشا صاحب تو کبوتر کی طرح سوکھے سڑے نظر آتے تھے۔ بہرحال جہاں ان کے مضامین کے مطالعہ سے میں ان کی مزاح نگاری اور ان کی تصویر دیکھ کر ان کی طنز نگاری کا قائل ہو گیا تھا وہاں مجھے اس بات کا سان گمان بھی نہیں تھا کہ وہ ایک اول درجے کے ظریف بھی ثابت ہوں گے۔ ہوا یہ کہ پاشا صاحب نے "روحِ قاز" میں چھپا ہوا ایک خط مجھے ارسال کیا جس میں لکھا تھا کہ میں زیرِ نظر کتاب کا "مقدمہ" لکھ دوں۔ میں دیہات کا رہنے والا ان کی چکنی چپڑی باتوں میں آ گیا اور مقدمہ لکھنے کی حامی بھر لی۔ چند ہفتوں کے بعد اُدھر سے مضامین کا ایک پلندہ موصول ہو گیا۔ اب جو میں لفافہ چاک کر کے مضامین نکالتا ہوں اور ان کا مطالعہ شروع کرتا ہوں تو پہلے ہی مضمون میں مقدمہ لکھنے والے کی وہ مٹی پلید ہوئی ہے کہ الحفیظ والامان! بس میں تو اسی روز سے ان کے "ظریف" ہونے کا قائل ہو گیا ہوں، ان کے ترکش میں ہر طرح کے تیر ہیں جو محض شاعروں، نقادوں، ایکٹروں، طالب علموں، سیاست دانوں اور دکان داروں کے لیے ہی مخصوص نہیں بلکہ جن کی زد سے ان کی اپنی کتاب کا "مقدمہ نگار" بھی محفوظ نہیں رہ سکا۔ میں تو خیر اب گرفتار ہو ہی چکا ہوں، پاشا صاحب کے آنے والے مجموعوں کے ہونے والے مقدمہ نگاروں کو مطلع کرتا ہوں کہ یہ مصنف بہت "خطرناک" ہے اور اس کی معیت میں سفر کرنے والا کوئی شخص بھی محفوظ نہیں چاہے وہ اس کی تصنیف کا مقدمہ نگار ہی کیوں نہ ہو۔

لیکن اس سے یہ نہ سمجھ لیا جائے کہ احمد جمال پاشا صاحب کے ہاں طنز کی فراوانی ہے۔ بلکہ حقیقت یہ ہے کہ ان کے ہاں طنز کم اور مزاح زیادہ ہے۔ اور جہاں کہیں طنز ہے ان کے ہمدردانہ اندازِ نظر، ان کی شگفتگی اور ظرافت میں لپٹی ہوئی ہے، چنانچہ ان کا سارا ردِ عمل ایک ایسے شخص کا ردِ عمل ہے جو مسرت اور شادمانی مٹھیاں بھر بھر کے لٹاتا ہے اور جسے زندگی کی تمام تر ناہمواریاں بے حد عزیز ہیں۔ اسی لیے ان کا اصل منصب ایک مزاح نگار کا ہے۔ طنز برہمی کا نتیجہ ہے۔ اس کے خالق کی حیثیت ایک ایسے روٹھے ہوئے انسان کی سی ہے جو زندگی کی ناہمواریوں سے نفرت کرتا اور انہیں تبدیل کر دینے کا خواہاں ہوتا ہے۔ وہ بنیادی طور پر ایک تخیل پرست انسان ہوتا ہے۔ اور چونکہ "حال" اس کی توقعات کے مطابق نہیں ہوتا اس لیے وہ اس کی بے اعتدالیوں کو نشانۂ طنز بناتا ہے۔ اس کے برعکس مزاح نگار کی حیثیت ایک صحت مند انسان کی سی ہے جو ہر شے کو پیار کرتا اور اسے بھینچ کر اپنے سینے سے چمٹا لینا چاہتا ہے۔ پاشا صاحب اس لحاظ سے مزاح نگار ہیں کہ ان کے ہاں ہمدردانہ اندازِ نظر موجود ہے۔ اور وہ نفرت موجود نہیں جو طنز نگار کے ہاں بہت نمایاں ہوتی ہے۔ لیکن ساتھ ہی ساتھ وہ طنز کے استعمال سے شرماتے بھی نہیں ملتے۔ بس یوں سمجھیے کہ وہ مخاطب کی چٹکی لیتے ہیں اور جب وہ "سی" کر کے ان کی طرف متوجہ ہوتا ہے تو بڑے پیار سے اُن کے شانوں پر ہاتھ رکھ کر ہنسنے لگتے ہیں اور وہ بھی خفیف سا ہو کر ان کی ہنسی میں شریک ہو جاتا ہے۔ پاشا صاحب کا عام طریق یہی ہے، اور اسی لیے ان کا مخاطب کسی ردِ عمل کا مظاہرہ نہیں کرتا۔ بلکہ جھینپ کے، ذرا سا ہنس کر، ذرا سا پہلو بدل کر، ان کی بات مان لیتا ہے۔ اگر یہ بات نہ ہوتی تو راقم الحروف مقدمہ لکھنے والوں پر ان کا

مضمون پڑھ کر مقدمہ لکھنے کے بجائے اب تک کسی اور معقول ردعمل کا مظاہرہ کر چکا ہوتا۔ جیسے مثلاً پاشا صاحب پر مقدمہ، یا خودکشی وغیرہ وغیرہ۔ اور اگر راقم الحروف نے کسی ردعمل کا مظاہرہ نہیں کیا اور چپکے سے مقدمہ لکھنے پر آمادہ ہو گیا ہے تو یہ سب پاشا صاحب کے مخصوص طریق کار کا نتیجہ ہے ـــــ طریق کار جس میں نفرت کے بجائے محبت اور برہمی کے بجائے خلوص اور اغماض و درگزر کی فراوانی ہے۔

یوں تو شاید احمد جمال پاشا کے ان مضامین کو پڑھ لینے کے بعد کوئی رسمی سا بھاری بھرکم "مقدمہ" لکھنے کی تحریک ہی نہیں ہوتی۔ وجہ اس کی غالباً یہ ہے کہ پاشا صاحب کے مضامین ان کے خلوص کی پیداوار ہیں اور ریاکاری ان میں نام کو بھی نہیں۔ پھر مقدمہ لکھنے والا کس طرح اس کا مرتکب ہو سکتا ہے۔؟ اگر یہ بات نہ ہوتی تو راقم الحروف انتقاماً بھی اس "مقدمہ" کا آغاز "ہنسی" کے بارے میں ان مختلف نظریات سے کرتا جو ارسطو سے لے کر ہابز، ہینز میٹ، ڈارون، کانٹ، سُلی، برگسان، فرائڈ، گریگ، ایسٹ مین، اور آرتھر کوسلر تک پھیلتے چلے گئے ہیں اور پھر شاید قاری اور مصنف دو ـــ دونوں کو مرعوب کرنے کے لیے مزاح اور اس کے اماثل ـــ طنز، تحریف، وٹ، رمز، تلخ اندیشی، کامیڈی اور فارس کے فرق کو تفصیل سے بیان کرتا۔ وہ اسی پر اکتفا نہ کرتا، بلکہ مزاح کے تدریجی ارتقا کو واضح کرنے کے لیے شیخ سعدی سے لے کر شیخ چلی تک اور مصطفیٰ کمال پاشا سے لے کر احمد جمال پاشا تک ـــ سب بھلے آدمیوں کو لا کر ایک ہی صف میں لا کھڑا کرتا اور پاشا صاحب کے مزاح کو، مزاح کی روایت کے ساتھ اور مزاح کی روایت کو پاشا صاحب کے مزاح کے ساتھ منسلک اور مربوط کر کے دنیا و عقبیٰ دونوں ہی

سرخروئی حاصل کرنے کی سعی کرتا۔ لیکن چونکہ اس کی نیت نیک ہے اس لیے آپ دیکھئے کہ اس نے محض اپنے تاثرات کے اظہار تک ہی اپنے مساعی کو محدود رکھا ہے۔ اور اس خاص میدان سے ایک قدم باہر نکلنے کی کوشش نہیں کی۔

وزیر آغا

۲۳ نومبر ۶۵ء

مقدّمے کا مقدّمہ

گھبرائیے مت! میں آپ پر مقدمہ چلانے نہیں جارہا ہوں، بلکہ مقدمے کے بارے میں کچھ تبلانے ہی پر اکتفا کروں گا۔

مقدمہ پہلے ایجاد ہوا یا لڑائی، مگر اتنا ضرور کہوں گا کہ لڑائی بلا مقدمے کے ادھوری رہ جاتی ہے اور مقدمہ بغیر لڑائی کے بے کیف، غرض مقدمہ ہو یا لڑائی جب تک فریقین کو ایسے حضرات نہ مل جائیں جو ہنگامہ میں دلچسپی کا اظہار کر سکیں اور خدائی فوجدار کی خدمات بھی انجام دے سکیں اور لڑنے والوں کی حماقت کو حق بجانب بھی تسلیم کر سکیں تب تک اس مقدمہ بازی میں رنگ پیدا نہیں ہوتا۔ اور وہ رنگ کیا جس میں بھنگ نہ ہو۔ القصہ مختصر جب تک اس رنگا رنگ کے پروگرام میں کچھ دل بڑھانے والے اور کچھ تماشائی نہ ہوں بات ادھوری رہ جاتی ہے۔ غالباً اس وجہ سے یہ خیال بے جا نہ ہوگا کہ دنیا کا سب سے پہلا مقدمہ جس نے لڑا ہوگا یقیناً وہ کوئی

بہت بڑا جانور رہا ہوگا۔ اور اسی جانور کی روح آج بھی ہر مقدمہ باز کے قالب میں حلول کیے ہوئے نظر آتی ہے اور اس میں جب بھی کوئی کمی واقع ہو جاتی ہے تو دائر کیا ہوا مقدمہ آپ کے دائرہ سے خارج ہونے لگتا ہے۔

اس مقدمہ بازی کو اگر صرف کچہری عدالت تک محدود کر دیا جائے تو یقیناً خود مقدمہ پر بڑا ظلم ہوگا۔ خود آپ کا ہر قسم کے مقدموں اور مقدمہ بازوں سے سابقہ پڑتا ہوگا۔ جیسے وہ مقدمات جو گھر میں آئے دن خود آپ کو فیصل کرنا پڑتے ہوں گے۔ اور اس وقت بھی آپ میں سے بہت سے حضرات ان سے ذاتی طور پر دو چار ہو رہے ہوں گے جن کے لیے یہ خاکسار ہمدردی کا اظہار کرتا ہے۔ ہاں تو میں یہ کہنے والا تھا کہ اس قسم کے مقدمے جو خفیفہ کی گھریلو عدالت میں سنے اور لڑے جاتے ہیں عموماً بچوں سے متعلق ہوتے ہیں اور کھیل ہی کھیل میں نپٹا دیے جاتے ہیں۔ مگر خصوصاً بڑوں ہی سے متعلق ہوا کرتے ہیں۔ جن کو مونٹی سوری سسٹم سے تو نہیں نپٹایا جا سکتا مگر تعلیم بالغان سے ضرور فائدہ اٹھایا جا سکتا ہے۔

پھر بھی اچھی خاصی تعداد ایسے مقدمات کی رہ جاتی ہے جن میں "من و تو" کو دست و گریبان ہونے کا موقع نہیں مل پاتا، کیونکہ ان کی ساری کارروائی کاغذی ہوتی ہے اور وہ بھی یک طرفہ چنانچہ اس کاغذی پیرہن کے نہ اوڑھنے کی نوبت آتی ہے نہ بچھانے کی نہ اس میں مقدمہ دائر کرنے، مؤکل بننے، وکیل بنانے' اور پیروی کرنے کے لیے پاپڑ بیلنے کی ضرورت لاحق ہوتی ہے اور نہ اپیل کی گنجائش ہوتی ہے۔

یہ مقدمہ کی سب سے انوکھی قسم تو آپ کو ضرور معلوم ہوگی۔ مگر ساتھ ہی بعید

عام بھی۔ اس عام اور گھاس کا جلوہ آپ کو صرف کتابوں ہی میں ملے گا۔ میرا مطلب قانون کی کتابوں سے نہیں ہے۔ مگر میں ان کو بھی اس سے مستثنیٰ نہیں کر سکتا اس راز سے شاید آپ بھی واقف ہوں کہ دنیا کے اہم اور عجوبہ راز کاغذ کے سینے پر نقش کر کے قید کر دیے گئے ہیں۔ یہ بالکل الگ بات ہے کہ کسی مسخرے نے اس راز کو موم جامہ پہنا کے اپنے مرید کے بازو پر باندھ دیا۔ اور کسی نے مثل سقراط اور بقراط بنی نوع انسان پر عالم آشکارا کر دیا۔ مگر کچھ لوگ ایسے بھی تھے جنہوں نے اپنے افکار و خیالات کو نہ قید کیا نہ آزاد بلکہ ایک معمہ یا چیستان بنا کر اس کو پبلک کے حال پر چھوڑ دیا۔ ہمارے شعر و ادب کا خاصہ نامعقول حصہ بھی آپ کو اسی "چیستانیت یا چیستان ازم" کا شکار ملے گا۔ مگر چیستان زنی کی واردات اور مقدمات کی بھرمار کی پرچھائیاں ہمارے شعر و ادب پر آپ کو اول تا آخر نظر آئیں گی اور عجیب رنگ و روپ میں ملیں گی۔ کہیں جناب کتاب تو شکل سے چھٹانک بھر کی ہے اور مقدمہ اس پر لکھا گیا پنسیری بھر کا، کہیں صرف مقدمہ ہی ملا اور کتاب کے سلسلے میں محض اشاروں سے کام لیا گیا۔ یا مقدمہ حاضر ہے اور کتاب کا کہیں دور دور تک پتہ نہیں، چنانچہ لوگ مقدمے ہی سے کام چلا لیتے ہیں۔ اکثر ایسا بھی ہوا کہ ایک ہی کتاب پر مقدمہ بازوں کے ایک پورے گروہ نے حملہ کر دیا۔ اور ان مقدمات کے بیچ میں کتاب ایسی دبی کہ پھر کبھی نہ ابھر سکی اور یوں بھی گذری کہ کتاب نے اتنی جگہ گھیر لی کہ مقدمہ باز بے چارہ قلم ہی تولتا رہ گیا اور کتاب اپنے کو صاف بچا لے گئی۔ چنانچہ اس کا توڑ یہ دریافت کیا گیا کہ اگر کتاب نے پوری جگہ گھیر لی تو کوئی غم نہیں، ہم بھی ایک کونے میں پڑے رہیں گے اور اسی بہانے

سر ورق سے چپٹے رہے اور چھینٹے نہ چھوٹے۔ گو اس میں بھی سختیاں ہوئیں اور مصنف نے سر ورق کی کچھ جگہ تصویر کے بہانے گھیرنا شروع کردی۔ غرض مقدمہ بازوں نے شوق مقدمے لکھے، تقسیم سے لکھے، مبارک سلامت کا شور مچایا، اگر کچھ بس نہیں چل سکا تو کہہ سن کر مصنف کی تاریخ وفات ہی کا اس میں اپنی طرف سے اضافہ کروادیا۔ کسی نے اس بہانے کہ مقدمہ کتاب کا دیباچہ ہو کچھ نہ کچھ لکھ مارا۔ کسی نے مقدمے کو کتاب کا عنوان قرار دیا۔ مقدمہ بازوں سے نجات حاصل کرنے کے لیے مصنفوں نے خود ہی اپنی کتابوں پہ مقدمے چلانے شروع کردیے۔ کڑی شرطیں بھی لگاتے چلے گئے۔ اگر صرف تعریف لکھنا ہو تو لکھو ورنہ ہم لکھ لیں گے۔ جب مقدمہ بازوں نے کوئی راہ مقدمہ نہ پائی اور راہ فرار اختیار کرنے پر راضی نہ ہوئے تو کثر تو اس قدر خفا ہوئے کہ انھوں نے بجائے اصل کے صرف نقل پر اکتفا کی اور فلسفۂ قناعت کا سہارا لے کر بلا کسی مسودے کا سہارا لیے صرف مقدمے لکھنا شروع کیے اور علم بغاوت بلند کیا اور کچھ انڈر گراؤنڈ ہو گئے اور چھپی ہوئی کتابوں پر چھاپے مارنے لگے اور تبصرہ کے بہانے ان اخبارات اور رسائل کا سہارا لے کر مقدمے چلانا شروع کیے۔

یوں تو بہت سے مقدمے چلائے گئے۔ مگر سب سے مشہور مقدمہ مولانا حالی نے اردو شاعری پر چلایا تھا جس نے بڑی شہرت حاصل کی۔ بہت سے لوگوں نے اس ادا کو پسند کیا اور ادب کی مختلف روایتوں کی آڑ لے کر ان پہ مقدمے چلانا شروع کیے۔

مگر مقدمہ بازوں کا ایک گروہ ایسا بھی رہ گیا جس کی یا تو اتنی پوچھ گچھ

نہ تھی کہ ان سے کوئی مقدمہ لکھواتا یا ان کی مقدمہ بازی کو خاطر میں لاتا۔ یا پھر وہ لوگ تھے جو باقاعدہ مقدمہ بازی بھی کرتے اور شب خون مارنے والے ان چھاپہ ماروں کے گروہ میں شامل ہو گئے اور لکھی لکھائی اور چھپی چھپائی کتابوں اور مقدموں کی اپیل کرتے۔ یہ گروہ مشنری اور ساخت کے اعتبار سے کچہری کے منشیوں سے ملتے جلتے تھے اور انھوں نے کتابوں پر حواشی لکھنے میں اپنا نام پیدا کیا۔ ان لوگوں نے لکھی ہوئی کتابوں پر مزید مقدمے کیوں لکھے۔ اس کی تاویل وہ بطور عذر جو پیش کرتے ہیں وہ بھی نہایت دلچسپ اور قابل سماعت ہے۔ کچھ کا کہنا ہے کہ اگر یہ کتاب یوں ہی چھوڑ دی جاتی تو اس کے ارتقا کی کڑی ٹوٹ جاتی اس لیے ہم اس میں وقتاً فوقتاً مزید اضافے کرتے رہے، کسی نے اس وجہ سے مزید مقدمہ لکھا کہ اس سے قبل جو مقدمہ لکھا گیا تھا وہ قطعی ناکافی تھا۔ اور برخلاف اس کے کسی نے احتجاجاً مقدمہ لکھا کہ پہلے جو کچھ لکھا گیا تھا وہ بہت زیادہ تھا اور اس طرح انھوں نے طویل مقدمہ کو اپنے قلم کی جنبش سے طویل ترین بنا دیا۔ کسی کو مقدمہ کا اصل مقدمہ پسند نہ آیا تو اس نے اس پر اصلاح اور نظر ثانی پر اکتفا کیا۔ اور کچھ نے سرے سے مقدمہ چلا کر میدان جنگ کا نقشہ ہی پلٹ دیا۔ اور بعض مقدمے تو پوری کتاب پر امربیل کی طرح چھا گئے۔ اکثر یہ عذر بھی پیش کیا گیا کہ لائبریریوں میں بجائے کتاب کے چپراسی مل جاتا ہے جو دروازے ہی پر سے جھنڈی دکھلا دیتا ہے۔ لیکن اگر کبھی کبھار کوئی عمدہ کتاب اس کے توسط سے مل جاتی ہے تو یہ ہمارا فرض ہوتا ہے کہ ہم اس کو مفید ترین کتاب میں تبدیل کر دیں اور یہاں پر مزید مقدمہ چلائے بغیر ممکن نہیں۔ اس میں شک نہیں کہ اس کے بعد یہ کتاب عام آدمی کے لیے جو علم غیب وغیرہ سے ناواقف ہے، رکھا گیا ہو، تعلیم بیکار

ہو جاتی ہے۔ مگر عام لوگ یوں بھی کب مفید کتابوں سے فائدہ اٹھا پاتے ہیں۔ اس میں شک نہیں کہ اگر کتاب کسی کی ذاتی ہو تو اول تو وہ خود کیوں نہ مقدمہ چلائے۔ دوسرے اگر آپ پرائی کتاب پر مقدمہ چلانے کی جرأت بھی کریں خواہ اس وقت آپ کی نیت محض کتاب کا پوسٹ مارٹم کرنا ہو تب بھی وہ آپ کو کیوں بخشنے لگا۔ اول تو اس میں ایسی صورت بھی پیدا ہو جانے کا احتمال رہتا ہے کہ آپ کے آشنا لوگوں کو اس کی عیادت کرنے ہسپتال جانا پڑتا ہے۔ اور اگر صورت حال زیادہ خراب ہو جائے تو وہ آپ کے مقدمہ کی اپیل عدالت میں بھی کر سکتی ہے۔ اور اس نکتہ سے تو مقدمہ باز حضرات بھی بخوبی واقف ہوتے ہیں کہ سر سے موج خون گزر جاتی ہے "قطرہ کے گہرے ہونے تک" اس لیے ہمیشہ مقدمہ باز حضرات کو ایسی کتابوں کی اشد ضرورت رہتی ہے جو مشترکہ ملکیت ہوں جس کے لیے لائبریریوں ہی کا سہارا لینا پڑتا ہے اور وہیں ہم کو اس قسم کے نکتے بھی ملتے ہیں، یہ مقدمہ باز اکثر بطور تاوان کتاب میں سے پہلے تصویریں اور نقشے پار کر دیتے ہیں ـــــ کیونکہ یہ مقدمہ باز ہوتے ہیں مگر آرٹسٹ ہونے سے پرہیز کرتے ہیں اور بعض اس خیال کے تحت بھی غائب کرتے ہیں کہ پڑھنے والوں کو اس کا احساس رہے کہ یہ کتاب بیکار نہیں ہے اس کو پڑھنے والے معمولی لوگ نہیں بلکہ اہل ذوق تھے جو بطور ثبوت کتاب کے صفحات اس طرح لے گئے گویا ہم نے کتاب پڑھی ـــــ ہم نے اس پر مقدمے چلائے اور اب ہم اس کے ورق لیے جا رہے ہیں مثل رسید تا کہ سند رہے اور "وقت ضرورت کام آئے" خواہ پھر کسی کے بھی کام نہ آئے۔

فاضل مقدمہ نگاران کتابوں کو لے جا کر ان کی کتابت کرتے ہیں، اور

ادارت کے فرائض انجام دیتے ہیں۔ اصلاح کے اُستادانہ ہاتھ دکھاتے ہیں غرض جو کچھ بھی ہوتا ہے ـــــ ہوتا دلچسپ ہے ادبی اور تنقیدی کتب کے مقدمات میں میر و سودا سے لے کر میاں بی بی کے جھگڑے، غم جاناں، غم دوراں، غم یاراں، تھیٹر اور بائیسکوپ کی باتیں وغیرہ تو جو کچھ ہوتا ہے خوب ہوتا ہے اور اپنے اندر اپیل کرنے کی پوری گنجائش رکھتا ہے، مگر اس سے بھی دلچسپ وہ ہوتا ہے کہ ان مقدموں پر مقدمہ چلانے کے بہانے ان سے نہایت ہی کلاسیکل قسم کے گھریلو جھگڑے سلجھائے جاتے ہیں جن کے لیے شعرا حضرات کے دواوین کا سہارا لے کر کبھی دیوانگی کا اظہار کیا جاتا ہے اور کبھی بیگانگی۔ غرض یہ مقدمے اس وقت تک چلتے رہتے ہیں جب تک کہ کتاب بازار میں مقبول ہونے کے لیے بنیے کی دکان تک نہ پہنچ جائے جہاں پھر اس کی مفت پڑیا ہاتھوں ہاتھ تقسیم کی جاتی ہیں۔ یا حلوائی اس کے ذریعہ شیرینی تقسیم کرنے کی سعادت حاصل کرتا ہے، یا پھر دیمک ان کا صفایا نہ کر دے۔

ان کتابوں میں جو مقدمات پیہم یا بھرمار ہوتی ہے اور پنچایتی خفیفہ کی عدالتوں سے لے کر عدالت عالیہ تک کے شطرنجی مہروں کی بساطیں بچھائی اور اُلٹی جاتی ہیں ان کی ایک آدھ جھلک کیوں نہ آپ بھی دیکھیں، گو کہ میرے پاس وقت محدود ہے جو ان کی وسعتوں کو اپنے دامن میں سمیٹنے سے فی الحال قطعی معذور ہے مگر پھر بھی حاضر میں حجت کیسے کر سکتا ہوں۔

بطور تبرک ارشاد ہے کہ ایک صاحب نے لکھا کہ "آپ لوگ کتاب پر اپنا نام لکھ کر کتاب کا ستیاناس مار دیتے ہیں۔" اسی کے نیچے کسی صاحب نے جن سے نہ رہا گیا لکھتے ہیں۔ "آپ بھی بالکل وہ ہیں، آپ کتاب پر لکھنے کو منع کر سکتے تھے

گر آپ نے اپنا نام کیوں لکھ دیا؟" اور اس کے نیچے انھوں نے نہ صرف اپنا نام لکھا بلکہ اس کے نیچے تاریخ و سنہ لکھا، اپنا پورا پتہ لکھا۔ غرض کہ لطف یہ کہ کتاب پر نہ لکھنا چاہیے کی ساری بحث کتاب پر لکھ کر کی گئی ۔۔ کسی کتاب میں مصنف نے کافی مفید اور کام کی باتیں جہاں بتلائی تھیں اور اہم انکشافات کیے تھے اس کو انڈر لائن کر کے کسی صاحب نے لکھا کہ "سوسائٹی آپ کی اس مفید ریسرچ کا شکریہ ادا کرتی ہے"۔ اس کے نیچے جو کچھ درج تھا اس میں پوچھا گیا تھا کہ "کیا آپ سوسائٹی ہیں؟"۔ کسی صاحب نے لکھا کہ "ہر گھاگھ عاشق کا امتیاز خصوصی یہ ہو کہ وہ بدصورت ہو۔" فوراً اس کے آگے کسی مسخرے نے لکھ دیا (" جیسے آپ") ـــــ کسی مصنف کو لکھنے کے لیے کسی شعر کا سہارا لینے کی ضرورت پڑی، چنانچہ اس بیچارے نے یہ مصرع حسب حال پاکر لکھ دیا۔" وہ گلیاں یاد آتی ہیں جوانی جن میں کھوئی ہے"۔۔ اس کے نیچے فوراً لکھ دیا گیا ـــ "ہمیں آپ سے ہمدردی ہے"۔ ایک کتاب پر مصنف کا فوٹو چھاپا گیا تھا اس کے نیچے پبلشر کی طرف سے اس قسم کی کتابوں کے شائع کرنے کا ایک پروگرام بھی درج تھا ـــ اس کے نیچے کسی نے لکھ کر دریافت کیا تھا، کیا کارٹونوں کے شائع کرنے کا یہ سلسلہ اب مستقل چلے گا ـ ؟"۔ ایک شاعر کے دیوان کے صفحہ اول پر لکھا ہوا تھا۔ "پہلے اس کو پڑھیئے ورنہ پچھتایئے گا ـــ پھر مطلع کچھ یوں تھا۔ "اگر آپ کے پاس فالتو وقت ہے تب بھی خدا کی قسم اس کو نہ پڑھیے۔ ورنہ میرے عزیز آپ کا وقت برباد ہوگا اور روح ناشاد ہوگی۔" اس کے نیچے کسی نے مقطع عرض کیا تھا۔ "بھیا کیوں شاعری کے پیچھے پڑے ہو ـ اس میں کیا رکھا ہے، کوئی کام کی بات کرو۔"

مگر اس کام کی بات پر مجھے یاد آگیا کہ نہ کام کی بات کتاب کے اندر ملتی ہے نہ باہر۔ مشکل ہی سے کتاب سازی اور مقدمہ بازی کے سوا کچھ ہاتھ آتا ہے۔ مگر جو کچھ میرے ہاتھ آچکا ہے وہ میں نے محفوظ کر لیا ہے۔ اور اس پر عنقریب میرا ارادہ خود ایک مقدمہ لکھنے کا ہے، بہت ممکن ہے کہ وہ مقدمہ ان ہی مقدمات پر ہو۔ اور ابھی ابھی جو کچھ آپ پڑھ رہے تھے وہ بھی ایک مقدمہ ہی تھا۔

یونی ورسٹی کے لڑکے

صاحب لڑکوں کی تو آج کل بھرمار ہے، جدھر دیکھئے لڑکے ہی لڑکے نظر آتے ہیں گویا خدا کی قدرت کا جلوہ یہی لڑکے ہیں۔ گھر اندر لڑکے، گھر باہر لڑکے، پاس پڑوس میں لڑکے، محلہ محلہ لڑکے، گاؤں اور شہروں میں لڑکے، صوبے اور ملک میں لڑکے غرضکہ دنیا بھر میں لڑکے ہی لڑکے، جہاں تک نظر کام کرے گی لڑکے ہی لڑکے دکھائی دیں گے اور جہاں تک نظر کام نہ کرے گی وہاں کا کیا کہنا کیونکہ وہاں تو لڑکے ہوں گے ہی۔

یوں تو ان کی کاشت ہر موسم، ہر آب و ہوا اور ہر ایک ملک میں کی جاتی ہے لیکن آپ جانیے ہر ملک کی روایات الگ الگ ہوتی ہیں، اور اسی میں شان ہے، ہمارے ملک کی شان چونکہ سب سے الگ ہے لہذا دنیا بھر میں لڑکوں کی کاشت کے اعتبار سے ہمارا ملک سب سے زرخیز واقع ہوا ہے، یہاں کے باشندوں نے بنجر مقامات پر بھی ان کی کاشت کرکے ملک کو زرخیز و مالا مال کر دیا ہے۔ اس کے

بارے میں کچھ ماہرین کا خیال ہے "زیادہ غلہ اگاؤ" کی تحریک کو جب سے "زیادہ لڑکے بڑھاؤ" میں سمویا گیا ہے تب سے یونی ورسٹیاں لڑکوں سے کھچا کھچ بھرنے لگی ہیں اور یہ تحریک بھی سول نافرمانی والی تحریک کی ایک کڑی ہے۔ اب چاہے یہ کڑی ہو یا دھنی ہم کو اس سے مطلب نہیں۔ یہ سب بزرگوں کی باتیں ہیں۔ ان میں دخل دینا قدرت کا مذاق اڑانے اور چھوٹا منہ بڑی بات کے مترادف ہوگا۔ احوالِ واقعی یہ ہے کہ ہم سے کچھ لوگوں نے فرمائش کی ہے کہ صاحب ہم نے گھاٹ گھاٹ کے لڑکے دیکھے ہیں، شریف لڑکے وفرلڑکے، اور ایسے لڑکے جیسے کہ خود لڑکے ہوتے ہیں، مگر نہیں دیکھے ہیں تو یونیورسٹی کے لڑکے نہیں دیکھے ہیں۔ خدارا ہماری جنرل نالج میں کچھ اضافہ کیجیے۔ اس سلسلے میں عرض ہے کہ ہماری یونیورسٹی ایک ایسا مقام ہے جہاں بھانت بھانت کے لڑکے ہیں۔ جن کی مختلف قسمیں ہیں اور ان قسموں کے مختلف گل پھندنے ہوتے ہیں۔ لڑکے یونیورسٹی میں اتنی بھاری تعداد میں کیوں آتے ہیں؟ اتوار کے دن کیوں نہیں آتے؟ دن کو کیوں آتے ہیں رات کو کیوں نہیں آتے؟ ہاسٹل میں کیوں رہتے ہیں گھر پر کیوں نہیں رہتے جب کہ گھر موجود ہیں؟ تو جناب من یہی وہ مسائل ہیں جن کے سمجھنے کے لیے اس یونیورسٹی میں بے شمار کمیٹیاں بنائی اور بگاڑی گئیں۔ ان کمیٹیوں نے اپنی اپنی رپورٹیں بھی پیش کیں جنھیں یونیورسٹی کے ذمہ داروں نے نہایت ایمانداری کے ساتھ ردی کی ٹوکری کی نذر کر دیا، کیونکہ ذمہ داروں کا دعویٰ ہے کہ وہ ان رپورٹوں کے ذریعہ کسی صحیح نتیجہ پر پہونچنے سے قاصر رہے۔ پتہ چلا ہے کہ وائس چانسلر صاحب نے ان میں سے بعض مسائل کو رجسٹر پر چڑھا لیا ہے اور وہ اس سلسلے میں جلد ہی ایک دستخطی مہم چلانے والے ہیں۔ جس سے پہلے وہ خود چلنے کی مشق کریں گے، کیونکہ

اپنی سخت مزدوری ہوتی ہے۔ کاغذ کا کیا اعتبار آج ان کے ہاتھ میں کل ردی کی ٹوکری میں ہو۔ ورنہ ہمارے ہاتھ میں ہوگا، ہم سر کرنے والی پارٹی کے صدر اور نیجر خود وائس چانسلر صاحب ہوں گے۔ تمام پروفیسرز، طلبا، اور ڈین ان کے گلے میں ہار پھول ڈالیں گے۔ احتیاطاً الوداعیہ بھی پیش کیا جائے گا۔ کیونکہ مہم کا معاملہ ہے خدا جانے کیا ہو کیا نہ ہو۔ میاں سب تقدیر کے پھیر ہیں۔ مہم سر کرنے سے کچھ دیر پیشتر تمام یونیورسٹی بھر میں سائرن اور گھنٹے بار بار بجیں گے۔ اگر ممکن ہوا تو ملٹری سائنس ڈیپارٹمنٹ حکومت سے عارضی طور پر کچھ توپیں بھی حاصل کرے گا تا کہ گارڈ آف آنر دیتے وقت کچھ ہوائیاں بھی سر کی جاسکیں۔

اب آپ لوگ غالباً سمجھ گئے ہوں گے کہ دور کے ڈھول کس طرح سہانے ہوتے ہیں جبکہ خود ہمارے مسائل اس قدر سہانے نہیں ہیں۔ رہا لڑکوں کا سوال تو اطلاعاً عرض کیا جا چکا ہے کہ ان کی مختلف قسمیں اور مختلف شکلیں ہوتی ہیں۔ ان میں سے پہلی قسم "حوالی طلبا" کی ہے جو اسی نام سے مشہور بھی ہے۔

خود ان طلبا کے بارے میں اب تک یہ طے نہیں کہ واقعی ان کا وجود ہے بھی یا صرف "حوالے کی کتابوں" کی طرح حوالے ہی حوالے ہیں۔ ان طلبا کو یونیورسٹی کے ناخدا، لارڈ، منکر نکیر اور کراما کاتبین بھی کہا جا سکتا ہے۔ یونیورسٹی میں ہونے والے کھیل تماشے، مشاعرے، قوالی، بیچے گننے، ہلکے پھلکے پروگرام، جلسے جلوس وغیرہ کے یہ سولہ آنے ذمہ دار ہوتے ہیں۔ ان کے نام سے یونیورسٹی بھر واقف ہوتی ہے۔ آس پاس کے موچی ان کے نام لے کر اپنی دوکانیں سڑکوں کے کنارے جاتے ہیں۔ بات بات میں ان کی تصاویر اور بیانات اخبارات، ہینڈبلس اور لیف لیٹس میں

اُچھلتے نظر آتے ہیں مگر یہ خود نہیں نظر آتے، گو کہ ان کا ذکر ہوتا ہے تمام انتظامی امور میں ان کا خاص وعام ہاتھ ہوتا ہے۔ یہ تخت رہے یا تختہ کے قائل ہوتے ہیں مگر کچھ دشمنوں کا شک ہے کہ یہ لوگ فاتر العقل اور بوہمین ہوتے ہیں۔ جبکہ ہمارا شک ہے کہ بات کچھ اور ہے اور جو شاید خود ہم بھی نہیں جانتے ورنہ آپ سے کیا پردہ تھا۔

ان طلبا کی پہچان یہ ہے کہ یہ آپ کو ہر وقت چلتے پھرتے نظر آئیں گے، مگر ان کے چلنے کے راستے مقرر ہیں۔ اگر آپ کو ان کی تلاش آنکھ بند کر کے کرنا مقصود ہو تو ہماری رائے میں آپ کامن روم کے سامنے چلے جائیے۔ یہی ایک ایسا پر فضا مقام ہے جہاں یہ لوگ موقع پاتے ہی تبدیلِ آب وہوا کے لیے پہونچ جاتے ہیں۔ ویسے یہ شام کو حضرت گنج میں ہوا خوری کرتے نظر آئیں گے جہاں یہ سیل روز، ایروز، اور کوالٹی میں اسی طرح کے انگریزی ہوٹلوں میں نقرئی قہقہوں سے اپنے کھوکھلے قہقہے ملاتے ہوں گے اور اگر آپ کو ان کی تیز کرنا مقصود ہے تو آپ اپنی آنکھیں کھول کر ان کو بجائے تلاش کرنے کے ٹٹولیے، یہ کہیں نہ کہیں زور وشور سے کسی اہم مسئلے پر کسی نیم ریٹائر قسم کے بزرگ سے بحث کرتے ہوں گے۔ ان کے پیچھے بہت سے عقیدت مندوں کا ہجوم ہوگا۔ خاص بات یہ ہوگی کہ سب ان کا نام جانتے ہوں گے اور عام بات یہ ہوگی کہ یہ خود کسی کا نام نہ جانتے ہوں گے۔ یہ آپ کو کسی نہ کسی لیڈر، یا پروفیسر وغیرہ کو کسی ہونے والی میٹنگ کی صدارت کے لیے اُکساتے ہوئے ملیں گے۔ ہر تقریب میں آپ بہ آسانی ان کو صدر کے دائیں یا بائیں پہلو میں دیکھ سکتے ہیں۔

تمام مقابلے غالباً انہی طلبا کے لیے کروائے جاتے ہیں۔ امتحانات میں فرسٹ کلاس اور تھرڈ کلاس شاید ان ہی نے جاری کروایا تھا۔ غرضیکہ وہ محفل محفل نہ ہوگی

جہاں یہ پالا نہ مارلے جائیں، ہر لکھا پڑھی کے کام میں ان کا نام سب سے اوپر ہوگا یا سب سے نیچے مگر ہوگا ضرور۔ یہ تھوڑا سا فرق جو فرسٹ کلاس یا تھرڈ کلاس میں پیدا ہو جاتا ہے وہ ان طلبا کی سنّم ظریفی نہیں بلکہ خیالات کا ٹکراؤ ہے۔ کیونکہ کچھ طلبا کا خیال ہے کہ ٹاپ اوپر سے یعنی ٹاپ سے کیا جائے۔ اور کچھ کا خیال ہے کہ ٹاپ نیچے سے یعنی باٹم سے کیا جائے۔ ان کا اعتقاد اسی بات پر ہے کہ ناک ناک ہی ہوتی ہے چاہے ادھر سے پکڑو یا اُدھر سے۔ باقی جو کسر ٹاپ کرنے میں رہ جاتی ہے وہ یہ طلبا، ٹیپ ٹاپ سے پوری کر لیتے ہیں۔ ان کے ٹیپ ٹاپ کرنے کے بھی دو طریقے ہیں۔ کچھ طلبا کا خیال ہے کہ "اعلیٰ خیالات سادہ زندگی" جبکہ بقیہ طلبا کا خیال ہو کہ نہیں نہیں "اعلیٰ زندگی اور سادہ خیالات" ہونا چاہیے — مگر پروفیسر ادٹ پٹانگ کا خیال ہے کہ یہ طے کرنا بہت مشکل ہے کہ خیالات اور زندگی میں کس کو اعلیٰ اور کس کو سادہ ہونا چاہیے۔

طلبا کے اس پہلے گروہ کے لوگ اُدھار اپنی حجامت بنواتے ہیں اور چپل ٹکواتے ہیں۔ اور جب ادھار کا سوال نزاکت اختیار کر جائے تو وہ راستہ ہی چلنا بند کر دیں گے اور اس طرح ان کی سادہ زندگی ان کے لیے نئی نئی راہیں پیدا کر دیتی ہے۔ یہ طلبا نہایت کفایت شعار ہوتے ہیں۔ اور کھدّر یا گاڑھے کو اپنا شیوہ قرار دیتے ہیں اور چلتے وقت اپنے چپلوں سے ایک خاص قسم کی آواز پیدا کرتے ہیں جس کو "یہ آزاد راگ" بتلاتے ہیں۔ اور ان کا دعویٰ ہے کہ آئندہ اس راگ کی وہی اہمیت ہوگی جو آج جلترنگ کی ہے۔ ان میں سے جو لیڈر نکل جاتا ہے وہ اسی بہانے اپنی حجامت اور شیو وغیرہ سے صاف بچ جاتا ہے، اور کم خرچ بالا نشین کا

مسئلہ اس طرح طے کرتا ہے کہ حجامت کا خرچ کم ہونے سے خرچ کم ہو جاتا ہے اور سر کے اوپر بالوں کا ایک چھجا سا بنا کر (جس کو ہم بالا خانہ بھی کہہ سکتے ہیں اور بالکونی بھی) اس کے نیچے اپنی کھوپڑی کو پناہ دے لیتا ہے۔

طلبا کا دوسرا گروہ پہلے والے گروہ سے مختلف ہوتا ہے، یعنی زندگی اعلیٰ پسند کرتا ہے۔ اس کا ثبوت یہ ہے کہ آپ ان کے جوتوں میں جو شیشے سے زیادہ چمکدار ہوتے ہیں بآسانی اپنا چہرہ دیکھ سکتے ہیں۔ یہ نہایت اعلیٰ قسم کے سوٹ پہنے ہوتے ہیں۔ جو ٹاٹ، چمڑے یا کینوس وغیرہ کے معلوم ہوتے ہیں۔ ان کے چہروں کے بارے میں ہم آپ سے کچھ نہیں کہہ سکتے ہیں کیونکہ ان کے منہ پر آپ کو کریم، پاؤڈر، اور اسنو ملے گا مگر چہرہ نہیں ملے گا، مگر ہاں اگر آپ نہار منہ، صبح سویرے ان کا منہ دیکھنا گوارا کریں تو ممکن ہے اُن کے چہرہ کی زیارت ہو جائے۔

ان طلبا کے بات چیت کے طریقے ان کے کھانے پینے کے طریقوں سے مختلف ہوتے ہیں، مگر پھر بھی یہ معلوم ہوتا ہے کہ یہ بات نہیں کریں گے بلکہ کھا جائیں گے۔ جب کسی مسئلہ پر بات چیت ہوگی تو ایسا ظاہر کریں گے کہ بس ان کے جانے کی دیر ہے "گئے" نہیں کہ مسئلہ حل ہوا۔ حالانکہ ان سے مسئلہ حل ہونا ایک دوسرا مسئلہ ہوگا، مگر چونکہ ان کو بات چیت کرنے اور خطاب کرنے کی لت ہوتی ہے اس وجہ سے ہمیشہ صرف بڑے بڑے مسائل کو ہاتھ لگاتے ہیں اور بات کرنے میں برابر ہاتھ پیر ہلانے، گھونسہ دکھلانے، گردن ہلانے، کندھے اُچکانے اور منہ چڑھانے سے بھی نہیں چُوکتے۔

طلبا کی تیسری قسم وہ ہوتی ہے جن کو ہم "خیالی طلبا" کہہ سکتے ہیں۔ ان کے بارے میں ہمارا خیال ہے کہ یہ یونیورسٹی پڑھنے کے لیے نہیں آتے بلکہ یونیورسٹی میں خیال کی رفتار

ے آتے جاتے رہتے ہیں۔ یہ طلبا ہمیشہ طوائف الملوکی میں مبتلا رہتے ہیں۔ ان کو درجوں سے سخت نفرت ہوتی ہے۔ کبھی کبھی یہ درجوں میں چلے جاتے ہیں۔ مگر چونکہ دل کے بالکل صاف ہوتے ہیں اور اپنی صفائی میں فرق نہیں آنے دیتے ہیں اس وجہ سے درجوں میں صرف سونے یا کسی کی تلاش کرنے کی غرض سے جانے کی تکلیف اٹھاتے ہیں۔ اور جیسے صاف جاتے ہیں ویسے ہی لوٹ آتے ہیں۔ کسی پروفیسر سے جب ٹکر لیتے ہیں جو عموماً ہو ہی جاتی ہے تو اس کو نہایت مزے لے لے کر بیان کرتے ہیں۔ ویسے ہوتے ہیں بہت اڑیل اور آسانی سے نہیں جاتے۔ عموماً جس کلاس میں ایک مرتبہ بھرتی ہوتے ہیں نہایت وضعداری سے چار پانچ سال تک اسی کلاس کو نبھاتے ہیں۔ دراصل ان کے منھ میں اس کلاس کا خون لگ جاتا ہے۔ ہو سکتا ہے یہ اپنے بچوں کا انتظار کرتے ہوں کہ ان کو اپنے سامنے پڑھوانے کا موقع مل جائے۔ بہرحال ان کے یہاں دیر ہے اندھیر نہیں۔

ان طلبا کی نشست و برخاست یونی ورسٹی کے کافی ہاؤس، "انا پورنا" "کیونز" اور یونین ہال میں ہوتی ہے — ویسے یہ گھاس پھوس پر بھی پائے جاتے ہیں۔ یہ لوگ وقت گزاری کے لیے موٹروں میں بیٹھتے ہیں۔ جس کے پاس موٹر نہیں ہوتی وہ کوئی نہ کوئی موٹر تلاش کر لیتا ہے۔ خواہ اس کے لیے اسے ڈرائیور موٹر ہذا کی ڈانٹ پھٹکار سننا پڑے۔ یا اس کو سگریٹ پلانا پڑے۔ یہ طلبا کپڑوں کے بڑے شوقین ہوتے ہیں اس وجہ سے ان کے کپڑوں کی تعریف کرنا چراغ کو سورج دکھلانا ہے۔ ان طلبا کا صدر مقام گرلس کامن روم کے آس پاس کا علاقہ ہے جہاں یہ اس کثرت سے جمع ہوتے ہیں کہ رونق پیدا ہو جاتی ہے۔ اور اس کو یہاں کی زبان میں چہل پہل

یعنی چلنا پھرنا کہتے ہیں۔ یہ بات کرنے میں ایک دوسرے پر کڑی نظر رکھتے ہیں اور لباس شناس ہوتے ہیں۔ ان میں کثرت اُن طلباء کی ہوتی ہے جو سال بھر ایک ہی پتلون اور ایک ہی کوٹ کو استری سے رگڑ رگڑ کر، اور ایک ہی ٹائی کو اُلٹ پلٹ کر لگاتے ہیں۔ یہ کسی بات سے نہیں چوکتے، ہر موقع پر پورا فائدہ اُٹھاتے ہیں۔ مثلاً جاڑے کا موسم کیوں پسند کرتے ہیں۔ ان کو اس کا کیوں شدت سے انتظار رہتا ہے۔ صرف اس وجہ سے کہ جاڑے آتے ہی پھٹی ہوئی قمیصیں اور بنیائینیں استعمال کرنے کا موقع مل جاتا ہے۔ جاڑوں میں کپڑے کم میلے ہوتے ہیں۔ پورا جاڑا ایک شیروانی میں گزارا جا سکتا ہے۔ جس کے اگر سب بٹن لگا لیے جائیں تو قمیص کی بچت ہوتی ہے۔ مگر یہ تو ان کہی باتیں ہیں۔ جو باتیں کہی جاتی ہیں وہ یوں ہیں۔

مثلاً ایک دوسرے کی کالر دیکھتے ہوئے کہے گا "اوہو یہ قمیص تم نے کہاں سلوائی۔ یہ تو وِنڈسر کالر ہے جو مشین سے بنتی ہے۔ ہندوستان کی تو معلوم نہیں ہوتی۔" ـــــ اب صاحب کالر جنھوں نے قمیص خواہ گلی کے چھیٹن درزی سے سلوائی ہو اکڑ کر جواب دیں گے "صاحب یہ تو انگریزوں کی چیزیں ہیں یہاں کہاں نصیب، وہ تو کہیئے انگلینڈ سے لوٹتے میں خاص طور پر میرے لیے بنوا کر حمید بھائی لے آئے تھے" ـــــ اب ظاہر ہے کہ سارے مجمع پر سناٹا چھا جائے گا جس کو صرف وہی ماٹی کے لال توڑ سکیں گے کہ جن کے دماغ میں اس قسم کے خانہ ساز واقعات کا ذخیرہ ہوگا جس کو وہ اپنے باپ دادا یا کسی خان بہادر یا رائے بہادر قسم کے رشتہ دار سے منسوب کر کے بیان کر سکیں۔ اگر جوتے پر بات چلی تو جاپانیز شو سے شروع ہو کر انگلینڈ کے موچیوں تک پہونچے گی ـــــ "ارے صاحب میں تو دیکھتے ہی پہچان

گیا تھا یہ آکسفورڈ کا بنا ہوا جوتا ہے، ایسا کوٹ یہاں ناپید ہے۔ اب تو گئو ہتیا کے بعد اور بھی نصیب نہ ہوگا۔ ترستے ہیں صاحب ترستے۔ جو لوگ آتے جاتے رہتے ہیں اُن کی مہربانی سے نصیب بھی ہو جاتا ہے۔ بھلا بتلایئے دو سو روپے کا جوتا ہے۔ تو کیا بات ہوئی، پندرہ بیس سال تو ہلائے نہیں ہلے گا۔ جوتا کیا ہے لائف پارٹنر ہے، انگریز ہی صاحب بنانا بھی جانتے ہیں اور پہننا بھی۔ کیا بات ہے صاحب انگریزوں کی بھی، اچھا خاص بات یہ ہے کہ اس کی چمک میں کبھی فرق نہیں آتا۔ سلوٹ پہ دنٹ ہے سلوٹ پہ دف۔"

پھر ٹی سیٹس (TESSTES) کی ٹائیز کی تعریف شروع ہو جائے گی جن کا نزلہ ڈلو آرڈر اپس اور لنڈن ٹیلرس کے سوٹنگ پر گرے گا۔ اس کے بعد موٹروں اور موٹر سائیکلوں پر بات شروع ہو جائے گی۔ نئے موڈلوں کی RIGHT HAND DRIVE اور LEFT HAND DRIVE کے راز دگنا شروع ہو جائیں گے، اور بات کرنے والے اس وقت اپنی پرانی سائیکلوں کو بھول جائیں گے جن کی خوبی یہ ہے کہ چلتی ہیں تو معلوم ہوتا ہے بلبل، پال رکھی ہے جو نغمہ سرائی کرتی جا رہی ہے۔ کپڑوں کا ذکر کرتے وقت سب ایک دوسرے سے اپنی پھٹی کالریں چھپاتے نظر آئیں گے۔ جب گارڈن پارٹیز اور ڈنر کے ذکر ہوتے ہوں گے تو سب ایک دوسرے سے چھین چھین کر مونگ پھلی کھاتے ہوں گے جس کا کوئی ذکر نہیں۔

چوتھی قسم ہوتی ہے اُن طلبا کی جو سرپھرے کہلاتے ہیں آپ ان کو دیکھتے ہی پہچان جائیں گے۔ ان کے دس کتابیں ادھر دس کتابیں اُدھر بغل میں دابے نہایت سنبھل سنبھل کر چلتے ہوئے نظر آئیں گے۔ یہ رہتے ہیں خیالات کی دنیا میں، بات

شماروں میں کرتے اور چلتے پھرتے پرچھائیوں میں ہیں۔ یہ کتابیں پڑھنے کے لیے نہیں بلکہ بانٹنے کے لیے لاتے ہیں۔ تاکہ کچھ لوگ ان سے متاثر ہوں اور کچھ حیرت بکھریں۔ ان کو موٹی موٹی کتابوں کے نام اور حوالے زبانی یاد ہوتے ہیں۔ جب یہ بات کرتے ہیں تو پتہ چلتا ہے کہ کسی لائبریری کا چپراسی بول رہا ہے۔ عام طور پر نادان لوگ دل ہی دل میں ان پر پیچ و تاب کھاتے ہیں اور منھ پر انھیں برداشت کیے رہتے ہیں۔ جب یہ آپ سے مجبوراً بات کرنے کے لیے رکیں گے تو یہ آپ کو سر سے پیر تک ایک گہری نظر سے اس طرح دیکھیں گے جیسے کہ یہ کسی شیر خوار بچے پر شفقت کر رہے ہوں۔ آپ ان کے سامنے کسی بہت قابل آدمی کا نام لے لیجیے آپ کی مصیبت آجائے گی۔ فوراً بہت نفرت سے سنبھل سنبھل کر اور ٹھہر ٹھہر کر آنکھیں میچ میچ کر ناک بھوں سکوڑ کر بولیں گے "ہونہہ" پھر وہ آپ سے ان کی برائی شروع کر دیں گے، ان کا دن رات کا یہ کام ہے کہ دنیا بھر میں جو چیز بھی ہو اس کی ڈھونڈ ڈھونڈ کر برائی نکالیں گے۔ اگر مسکرانا چاہیں گے تو ہفتوں مسکرانے کے لیے زمین تیار کریں گے جی کڑا کریں گے اور آخر میں ناکام رہیں گے، ایسے لوگوں کی دنیا بھر تو شاگرد ہوتی ہے۔ اگر آپ ان کی تعریف نہ کریں۔ تو بس غضب ہو جائے گا، آپ جاہل ہیں۔ آپ کیا سمجھیں۔ معاف کیجئے گا آپ سے ملنے کے لیے تو مجھے اپنا معیار گرا کر بات کرنا پڑتی ہے۔ اگر کوئی دیکھے تو آپ کا کیا جائے گا، میری مفت میں بدنامی ہوگی۔ اگر آپ ان کی تعریف کر دیں تو یہ سمجھیں گے کہ بیوقوف بنا رہا ہے۔ اگر آپ ادب کریں تو یہ آپ کو بانساریاں لینے کے لیے بھیج دیں گے۔

دراصل یہ بے چارے اس درجہ احساس کمتری کا شکار ہوتے ہیں کہ دوسروں کی پگڑی اچھالنے میں اپنی تسکین کا سامان پاتے ہیں۔ دنیا بھر کے تمام آرٹ

ان لوگوں کے سامنے ہیچ ہوتے ہیں۔ یہ ہر وقت بڑے بڑے علما کی تقریروں اور تحریروں پر نظرِ ثانی کرتے رہتے ہیں اور ان کی اصلاح کی فکر میں دُبلے اور بیمار رہتے ہیں۔ یہ بے چارے صبح سے شام تک نہایت محنت سے دشمن پیدا کرتے ہیں' جو دراصل ان کی متاعِ عزیز ہوتی ہے۔ ان کا عقیدہ ہے کہ لڑائی جھگڑے سے بحث و مباحثے کے نئے نئے پہلو نکلتے ہیں۔ مگر اس سلسلے میں اکثر مار بھی کھا جاتے ہیں اور اپنے کسی خاص عزیز کو دنیا کا سب سے بڑا آرٹسٹ مان کر اس کو اپنا آئیڈیل قرار دیتے ہیں۔ یہ صبح سے شام تک اس کا ڈھنڈھورا پیٹتے رہتے ہیں۔ جن کا جنون خرد کی سرحدوں کو پار کر جاتا ہے وہ اپنے کو فلسفی کہلوانے کے خبط میں طرح طرح کے صدمے اٹھانا شروع کر دیتے ہیں۔ مگر اعتبار ان کو اپنے باپ پر بھی نہیں ہوتا۔ اس اعتبار سے صدمے اُٹھاتے اٹھاتے ان کا مزاج عاشقانہ ہو جاتا ہے جس کو ہم نیم تحکمی مزاج بھی کہہ سکتے ہیں۔ یہ اپنا کعبہ الگ بنانے کی فکر میں ہر وقت اپنی ڈیڑھ اینٹ کی مسجد الگ بناتے رہتے ہیں۔ مسجد تو نہیں بن پاتی ہاں ان کی دُرگت ضرور بن جاتی ہے۔ آپ کی خیریت اسی میں ہے کہ چاہے آگ سے کھیلئے یا کنوئیں میں چھلانگ لگائیے مگر ان عقلِ کل سے نہ اُلجھیئے۔ ورنہ وقت برباد ہوگا اور روح ناشاد رہے گی۔

پانچویں قسم ہوتی ہے اُن طلبا کی جو "خانہ نشین" کہلاتے ہیں۔ یہ بیچارے گھر سے گردن جھکا کر سیدھے یونی ورسٹی پڑھنے آتے ہیں۔ یہ بھولے بھالے کیا جانیں کہ یونی ورسٹی میں کیا ہوتا ہے، اور نہ اس کا غم کہ دنیا میں کیا ہو رہا ہے، نہ انھیں اس کی فکر کہ پہلے قیامت آئے گی کہ تیسری عالم گیر جنگ، درحقیقت یہ دردِ دل

کو دردِ جہاں کا درجہ دینے کے سخت مخالف ہوتے ہیں۔ یونی ورسٹی میں پڑھتے ہیں پھر ٹھاٹ سے لائبریری میں گھس جاتے ہیں اور وہاں سے نوک دُم گھر کی طرف بھاگتے ہیں۔ ان کو اس بات کا خوف رہتا ہے کہ اگر دیر ہو گئی تو کہیں امّی نہ ماریں یا اگر راستے میں کسی نے چھیڑ دیا تو پھر کیا ہو گا، اپنی عزت اپنے ہاتھ ہوتی ہے گھر میں گھستے ہی پھر پڑھنا لکھنا شروع کر دیتے ہیں۔ دوسرے دن پھر اسی طرح سے آتے ہیں اور گھنٹہ ختم ہونے پر ایک کلاس سے دوسرے کلاس میں اس طرح بے تحاشا بھاگ کر گھستے ہیں۔ گویا ان کو کوئی کلاس میں جانے سے روک رہا ہو۔ آپس میں جگہ کے لیے بھی خوب خوب لڑتے ہیں۔ یہ کتاب کے کیڑے جب کتابوں کی دنیا سے باہر آتے ہیں تو ان کی حالت قابلِ رحم ہوتی ہے۔ امتحان میں ان کی زیادہ تعداد فیل ہو جاتی ہو کیونکہ آج کل جنرل پرچے زیادہ آتے ہیں جو ان کے بس سے باہر ہوتے ہیں، جب یہ ہنستے ہیں تو پتہ چلتا ہے کہ رو رہے ہیں۔ یا روئیں گے تو معلوم ہو گا ہنس رہے ہیں۔ زور سے بات کریں گے تو ایسا معلوم ہو گا کہ پھاڑ کھائیں گے۔ اگر آہستہ گفتگو کریں گے تو پتہ چلے گا کچھ مانگ یا سونگھ رہے ہیں۔ عام طور پر یہ بہت تنگ نظر ہوتے ہیں۔ اور سوائے پڑھائی لکھائی کے جس میں بالکل صفر ہوتے ہیں ہر چیز بہت حقارت کی نظر سے دیکھتے ہیں۔ ان کے بارے میں یہ طے کرنا ذرا مشکل ہے کہ ان کی زندگی گھر سے شروع ہوتی ہے یا یونیورسٹی سے۔ ویسے اگر ان کو یونی ورسٹی کی چلتی پھرتی تمیز کہا جائے تو غالباً بے جا نہ ہو گا۔

چھٹی قسم ہوتی ہے اُن طلبا کی جو خیر سے "کھلاڑی" ہوتے ہیں۔ اور اپنے کھیل کے لیے مشہور بھی۔ یہ چوا، پنجا اور سکسر سے کم بات نہیں کرتے۔ کرکٹ بھی اتنا

ہی اچھا کھیلتے ہیں جتنی اچھی کومنٹری سنتے ہیں۔ یہ جتنے پھرتیلے ہوتے ہیں اسی قدر پڑھنے لکھنے میں بالکل صاف ہوتے ہیں ان کی زندگی مستقل ایک کھیل کا میدان ہوتی ہے جس میں یہ برابر رن بناتے رہتے ہیں۔ یہ کبھی کبھی کلاسوں میں بھی چلے جاتے ہیں مگر صرف ٹیم کا چیلنج دینے، کھلاڑی تلاش کرنے یا ٹورنامنٹ وغیرہ کے بارے میں طے کرنے۔ دن بھر نہایت شدت کے ساتھ شام کا انتظار کرتے ہیں، کھلاڑیوں کے اوپر تبصرہ کرتے رہتے ہیں۔ یہ لوگ ٹیم بنا کر کھیلتے ہیں، لیکن اگر ٹیم نہ ملے تو اکیلے کھیلنے سے بھی نہیں چوکتے اخبار کا لاسٹ پیج (آخری صفحہ) بڑے شوق سے دیکھتے ہیں۔ باقی اخبار اگر ان کا بس چلے تو بند کرا کے دم لیں۔ ورنہ اس کو بھی آخری صفحہ بنا کر چھوڑیں۔ جب یہ لوگ کھیل شروع کرتے ہیں تو اس وقت تک کھیلتے رہتے ہیں جب تک کہ کھیل ختم نہ ہو۔

ساتویں قسم ہوتی ہے اُن طلبا کی جن کے اوپر فلمی بھوت سوار رہتا ہے، یہ "فلم زدہ" کہلاتے ہیں اور فلمی مالیخولیا میں مبتلا رہتے ہیں۔ یہ باتیں کرنے میں تشبیہ اور استعارے کی جگہ فلم ایکٹریس کے نام، مقام ولدیت، سکونت وغیرہ سے کام لیتے ہیں۔ ان کو اس سے غرض نہیں کہ کلاس میں کیا پڑھایا جارہا ہے مگر یہ آپ کو بتلادیں گے کہ کون سی فلم میں کون کون کام کر رہا ہے، اور آخر کیوں؟ یہ آپ کو بآسانی سمجھا دیں گے کہ گوپ اور گلوپ میں کیا بنیادی فرق ہیں جو ہم آپ میں نہیں ہیں۔ یہ فلمی پرچے پڑھتے اور فلمی معمے بھرتے ہیں اور دن دہاڑے ہالی وڈ کے خواب دیکھا کرتے ہیں۔ فلمی گانے ان کو اس طرح یاد ہوتے ہیں جس طرح ہمیں آپ کو قومی ترانہ یاد ہو۔ یہ ڈائلاگس میں بات کرتے اور پرچھائیوں میں چلتے ہیں۔ غرضیکہ ہر وقت یا تو آرٹ کی دنیا میں رہتے ہیں ورنہ بمبئی بھاگ جاتے ہیں۔

طلبا کی آٹھویں قسم "ادیب" کہلاتی ہے اور شاعری یا افسانہ نگاری کے مرض یا تنقید کے خبط میں مبتلا رہتی ہے۔ یہ آپس میں کچھ اس طرح سے ملتے ہی لڑنا شروع کر دیتے ہیں کہ بس ایک دوسرے کو کھا ہی جائیں گے۔ مگر چونکہ ان کا غصہ سوڈے کے ابال کے مانند ہوتا ہے اس لیے فوراً ہی ایسا گھل مل کر باتیں کرنا شروع کر دیتے ہیں کہ "بیچ بچاؤ" کا ارادہ کرنے والا دل ہی دل میں خدا کا شکر بجا لاتا ہے کہ اچھا ہوا بیچ میں نہیں بولے ورنہ خواہ مخواہ شرمندگی اٹھانی پڑتی۔ یہ تو لڑ بھڑ کر پھر ایک ہو گئے۔ ادیب قسم کے طلبا پر ہر وقت یہ خوف طاری رہتا ہے کہ ادب پر جمود طاری ہے اور اس جمود کو خود اپنے اوپر اس طرح طاری کر لیتے ہیں کہ جیسے کوئی کھوسٹ بڑھیا کسی جوان کا صبر سمیٹ لے۔ ان کا ہاضمہ ہمیشہ بہت خراب رہتا ہے۔

"آج کل سارے ادیب تھک چکے ہیں۔ اب ان کے پاس کہنے کو کوئی بات نہیں رہ گئی ہے۔ ادب کو بچائیے سخت خطرے میں ہے۔ تم لوگ کچھ لکھو تو میری ذمہ داری کچھ کم ہو۔" گویا ادب کے سارے چھپر کو آپ ہی کی ناچیز ہستی کا سہارا روکے ہوئے ہے۔ مگر یہ لوگ اب تبرک ہوتے جا رہے ہیں۔ دیکھئے اس تبرک سے کب محرومی نصیب ہو۔ کچھ حقیر فقیر قسم کے بگڑے دل ادیب خطوط کے جواب میں مدیران رسائل کو متاثر کرنے کے لیے اپنے نام کے بجائے اپنے فرضی سکریٹری کے دستخط کر دیتے ہیں۔ گویا خود اپنے ہی فرضی سکریٹری کی قائم مقامی کرتے ہیں۔ اور خطوط میں ظاہر کرتے ہیں کہ وہ یا تو علیل ہیں یا باہر گئے ہوئے ہیں۔ ورنہ بہت سخت مصروف ہیں۔ میں آپ کا پیغام ان تک پہونچانے کی کوشش کروں گا۔ آپ ان کو پڑھ سکتے ہیں ان سے بات نہیں کر سکتے۔ یہ ادب کی زبان میں ادیب کہلاتے ہیں۔ اور ہوتے بھی ہیں بالکل فری اسٹائل قسم کے۔ ویسے انھیں ملک و قوم کا

کا معمار کہا جاتا ہے۔ جی ہاں! جہاں ملک کا پڑ اکھڑا یا کوئی دیوار گری یہ اپنی کنّی بولی لے کر اس کی مرمت کے لیے پہونچ جاتے ہیں۔ ان کی کنّی ان کا قلم ہوتا ہے اور نشانی کو گاشے کے طور پر استعمال کرتے ہیں۔ رہ گئی اینٹ کی بات تو ان کے پتھریلے الفاظ اینٹوں کا کام دیتے ہیں۔ مثال کے طور پر مابعد الطبیعات، حفظ ماتقدم، سلسلۂ لامتناہی اور فلسفۂ اجتماع بالضدین اور اسی طرح کے پتھریلے الفاظ یکجا کر کے یہ ملک و قوم کی وہ شاندار تعمیر کرتے ہیں کہ تخریب کو پہچاننے میں آسانی ہو جاتی ہے۔

یہ آپ کو گیارہ بجے رات کے بعد گردہ کی شکل میں سڑکوں پر پھرتے نظر آئیں گے۔ پہلے یہ آپ سے بغل گیر ہو کر آپ کی جیبوں کا جغرافیہ معلوم کریں گے اس کے بعد آپ ان سے جب پوچھیے گا "کیوں جناب آپ نے فلسفۂ طنز پر STREPTOMYCINE کی لکھی ہوئی نئی کتاب پڑھی ہے"؟ تو یہ آپ کو ناامید کرتے ہوئے جواب دیں گے "ویسے پڑھ تو ڈالی ہے۔ مگر کتاب میں سوائے حوالوں کے اور کچھ نہیں۔" لیکن خدا کے لیے آپ ان سے بھول کر یہ نہ کہہ دیجیے گا کہ "یہ کتاب اودھ میڈیکل اسٹورز سے مل سکتی ہے۔" بہرحال یہ فوراً موضوع بدل کر ایک تھکی ہوئی انگڑائی لے کر کہیں گے "اچھا بھائی چلیے، ابھی ایک ادیب کے یہاں ڈنر کھانا ہے پھر جانا بار میں دور جام ہے اس کے بعد اگر بخشی کی دوکان کھلی رہی تو عظیم شاعر مجاز لکھنوی کے ساتھ ایک گروپ کھنچوانا ہے۔" یہ کہہ کر آپ سے رخصت ہو جائیں گے۔ اور پھر انھیں شہر کے کبڑیئے مشک گنج کے ماری خانہ سے نکلتے ہوئے دیکھیں گے۔ اگر یہ کہیں باہر سے آئے ہیں تو اپنے کسی مخلص شاگرد جس کی عطاری کی دوکان ہوگی اس سے دس پانچ روپے ادھار لے کر پھر وہیں واپس لوٹ جائیں گے کہ جہاں سے آئے تھے۔

اور وہ لڑکے جو لڑکے نہیں لڑکیاں ہوتے ہیں اُن سے ملو! کہاں ملنا چاہتے ہو۔ یہ گھروں سے آکر کیلاش ہوسٹل میں رہنے لگتی ہیں جس کے بارے میں یہ ایک عام خیال ہے کہ یہ انہی کے لیے بنایا گیا ہے۔ اور جہاں شاید آپ کو یاد ہو کہ کچھ لڑکوں نے رات کے وقت "پتنو پالن و بھاگ" کا بورڈ اس کے دفتر سے اکھاڑ کر جو اس سے ملا ہوا ہے ہوسٹل کے پھاٹک پر لگا دیا تھا اور جس پر ایک آفت مچ گئی تھی اور یار لوگوں کے نام ہو گئے تھے اور تب ہی سے اس ہاسٹل کو "پتنو پالن و بھاگ کا لقب دے دیا گیا ہے جہاں کہ یہ مخلوق پلتی بڑھتی ہے۔ یہ وہاں سے نکل کر کامن روم میں گھس جاتی ہیں جس کے بارے میں یہ ایک عام خیال ہو کہ اسکے اندر ان کی نشست و برخاست رہتی ہے اور جس چک کی آدھی سے زیادہ تیلیاں ان لوگوں نے خلال کر کر کے ختم کر دی ہیں اور اس طرح سے تاک جھانک کی ایک نئی راہ پیدا کر لی ہے۔ یہاں سے نکل کر آپ ان کو مختلف درجوں میں سب سے آگے بیٹھا ہوا پا سکتے ہیں۔ ان کو سب سے آگے کیوں بٹھلایا جاتا ہے اس کے بارے میں تجربہ کار پروفیسروں کا خیال ہے کہ کہیں یہ لوگ بھی کلاس کٹ نہ کرنے لگیں اس وجہ سے ان کو درجہ میں سب سے آگے بٹھا کر کڑی نظر رکھی جاتی ہے۔ کامن روم کے سامنے جو گھاس کے میدان ہیں اُن میں ان کے جھنڈ کے جھنڈ اڑتے پھیلتے دکھلائی پڑیں گے۔ اگر ان میں سے کوئی جوان کسی لڑکے سے بات چیت کرتی نظر آئے تو لوگ کہتے ہیں کہ دیکھو اس کو کہتے ہیں جوڑا عرف نوجوان جوڑا اگر یہ سب فلرٹ کرنے والی باتیں ہیں ورنہ یہ سب تو چلتا ہی رہتا ہے۔ یہاں چونکہ تعلیم ساتھ ساتھ دی جاتی ہے اس وجہ سے لڑکیاں لڑکوں سے الگ رہتی ہیں۔

مجھ سے اک چائے کی پیالی نے کہا

کیا بتاؤں آپ بھی سن کر بور ہو جائیں گے، میں ان بے فکروں کے لیکچر سے سخت عاجز ہوں، خصوصاً یہ شاعر تو مجھے سب سے زیادہ بور کرتے ہیں۔ آتے ہی مجھے بلالیں گے۔ دن بھر اپنے سامنے بٹھلائے رہیں گے۔ وہ تو کہیے رات کو اکثر یہ شاعروں میں چلے جاتے ہیں ورنہ ان سے تو رات کو بھی چھٹکارا ممکن نہیں، حالت ان کی یہ ہے کہ لوگوں کا راستہ چلنا دشوار کر دیتے ہیں، پکڑ پکڑ کر زبردستی اپنی غزلیں سنانے کے لیے جانے بلاتے ہیں، اگر تعریف نہ کرو تو پھر سنانے کی دھمکی دیتے ہیں۔ اسی خوف سے لوگ عام طور پر ان کی الٹی سیدھی غزلوں کی تعریف بلا سنے ہی کر دیتے ہیں۔ جہاں آپ نے ان کی تعریف شروع کی اور یہ جھک جھک کر سلام کرنا شروع کر دیں گے اتھ جوڑ کر کھڑے ہو جائیں گے، ان کے منہ کو لگام ہی نہیں ہوتی، یا تو غزلیں سنائیں

گے ورنہ نئی غزل تیار ہونے لگے گی۔ عام طور پر یہ دن بھر میں ایک دیوان تیار کرلیتے ہیں۔ بھلے آدمی بیچارے ان کو دیکھ کر کترا جاتے ہیں۔ اسی دن کا تو قصہ ہے، ایک شاعر صاحب کسی تانگے والے کو پکڑ لائے اور شروع کر دی غزل سنانا۔ بشکل آدمی غزل سنا پائے ہوں گے کہ وہ غریب اپنی جان چھڑا کر بھاگا۔ شاعر صاحب نے لپک کر ہوٹل کے بیرے کو پکڑا۔ "نہیں واللہ تھوڑی سی رہ گئی ہے، آپ کو ہماری جان کی قسم ضرور سنئے۔" مگر اس کو فرصت کہاں۔ اگر یار لوگ بچا نہ لیتے تو معلوم نہیں اس غریب کا کیا حشر ہوتا۔ کچھ شاعروں کو مالک ہوٹل نے بہت سر چڑھا رکھا ہے۔ جب ہوٹل میں بیٹھنے کی جگہ نہیں رہتی اور اندیشہ ہوتا ہے کہ آنے والے گاہک لوٹ نہ جائیں تب وہ ان کو اشارہ کر دیتا ہے ادھر انھوں نے ترنم سے اپنا تازہ باسی کلام پیش کرنا شروع کیا، ادھر لوگ اس ملے جلے پروگرام سے جان بچانے کے لیے بھاگے۔ ان شاعروں کے بارے میں کچھ لوگوں کا خیال ہے کہ یہ اپنی جیبوں میں بٹیریں پالتے ہیں مگر اصلیت میں وہ بٹیریں نہیں ہوتیں بلکہ ان کے دیوان ہوتے ہیں جو شاعروں کے ہاتھ سے زبان تک آنے اور لوگوں پر چھا جانے کے لیے جیب میں پھڑ پھڑاتے رہتے ہیں۔ میں نے اصلی شاعر کو دیکھا ہے۔ سر جھاڑ، منھ پہاڑ، حلیے تک کی خبر نہیں ہوتی اور ساری دین و دنیا اُن کے کلام تک محدود ہوتی ہے۔ مگر خود ان کا کلام لامحدود ہوتا ہے۔ جب ہوٹل میں سناٹا ہو جاتا ہے تب یہ نہایت حسرت کے ساتھ اپنا کلام زانو پر تہہ کر کے۔ کہہ لیتے ہیں۔ اس کو یہ زانوئے ادب تہلاتے ہیں۔ اس وقت وہ اصل یہ حساب لگاتے ہیں کہ آج کے کلام پر کس قدر لاگت آئی۔ کس قدر چائے، بیڑیاں پان اور سگریٹ وغیرہ خرچ میں آئے۔ جن کے اخراجات زیادہ بڑھ جاتے ہیں وہ

آسانی کے لیے خود بیڑیاں بنانے لگتے ہیں۔ کیونکہ ان کا دل اپنی بنائی ہوئی بیڑیوں کو بلا بلا کر اپنا کلام سنانے میں زیادہ لگتا ہے۔ پھر کفایت بھی رہتی ہے۔ ہوٹل کے اندر ہر وقت اُلّو بولتا رہتا ہے لیکن جب شاعر آکر شروع ہوتا ہے تب وہ بے بس ہو جاتا ہے۔

اگر آپ شاعر سے بات کرنا چاہیں تو وہ آپ کو اشارے سے منع کرے گا "خاموش شعر نازل ہو رہا ہے" آنے والے شاعر کے بارے میں یہ نہیں بتلایا جا سکتا ہے کہ وہ بوڑھا ہے یا جوان۔ کیونکہ بوڑھے شاعر منہ زور ہونے کے سبب سے جوان اور خیالات کے اعتبار سے بوڑھے ہوتے ہیں۔ ان کے بارے میں ناپ تول کر بھی نہیں بتایا جا سکتا کیونکہ ان کے ہاتھ کا کلام جیب کے کلام سے بھاری اور منہ کے کلام سے مختلف ہوتا ہے۔ جب شاعر بات کرتا ہے تب یہ تو معلوم ہوتا ہے کہ وہ کچھ کہہ رہا ہے مگر یہ نہیں معلوم ہوتا کہ وہ کیا کہہ رہا ہے۔ شاعر کے انداز بیان میں اس کا کلام کم اور تخلص زیادہ ہوتا ہے کامیاب شاعر وہ ہوتا ہے جو صرف اپنا تخلص سنائے اور کلام کو صاف ٹال جائے اچھے شاعر وہ ہوتے ہیں جو واقعی شاعری کرنے میں یعنی ہوٹل نہیں آتے ایک ایوریج شاعر کا ہابیات (دابی سے بن کر بگڑا ہے)، مریخ کو کوسنا، فرشتوں کو بے نقط سنانا، بلبل کو باغ کا پتہ بتانا، مرغے کو برا بھلا کہنا، چکور کو چاند تک پہونچانا، آسمان کو اس کے بڑھاپے کا احساس دلانا، عاشق کو معشوق کی جوتیاں کھلوانا، مشاعرہ کے لیے غزل تیار کرنا اور شراب ساز کمپنیوں کی پبلسٹی کرنا ہوتا ہے اسکے علاوہ مر کے جی اٹھنا انکے بائیں ہاتھ کا کھیل ہوتا ہے یہ عشق کے معاملے میں بالکل آزاد ہوتے ہیں جب، چاہیں عاشق ہو جائیں، ان کا کوئی کچھ نہیں بگاڑ سکتا۔ کیونکہ شاعر کے لیے عشق کرنا اتنا ہی ضروری ہوتا ہے جتنا کہ شاعری کرنا۔ ایک شاعر وہ ہوتا ہو جو مجھے لب پہ لگتے ہی ٹھنڈی سانسیں بھرکے

کہتا ہے: "کاش تم سرخ ہوتیں" نہ معلوم ان کو لال رنگ کی کہاں سے اتنی پہچان ہو گئی ہو. آتے ہی سرخ بگولے اڑانا شروع کر دیتے ہیں. سرخ انقلاب لانا، سرخ آنچل میں معشوق کی طرح لال لال آنکھیں بنانا، غرض آتے ہی اپنے کرتب دکھلانا شروع کر دیتے ہیں. مجھے تو یہ کشمیری چائے کے ایجنٹ معلوم ہوتے ہیں۔ چائے کم پیتے ہیں اور انقلاب کے نعرے زیادہ لگاتے ہیں اور محبوب کو دھمکی دیتے ہیں کہ اگر تم نے مجھ سے شادی نہ کی تو انقلاب کر دوں گا، نئے قسم کے شاعر ہیں جو اپنے کو آزاد شاعر بتاتے ہیں مجھ کو پل بھر بھی چین نہیں لینے دیتے. کبھی مجھ کو لبوں سے لگائیں گے کبھی تشتری میں رکھ دیں گے پھر تشتری سے اٹھا کر میز پر رکھ دیں گے ؛ پورے وقت آزاد شاعری کرتے رہتے ہیں۔ بار بار مجھے سنانے کو سماج. نفسیاتی کش مکش، رد عمل، لاشعور، لینڈو، جوئبار، بنگھٹ، پڑوسی کا مرغا اور پڑوسن کی بکری وغیرہ معلوم نہیں کیا کیا اڑاتے رہتے ہیں ان کی ہر بات بے تکی اور ہر جملہ ناتمام ہوتا ہے اور وہی ان کا کلام ہوتا ہے، پرانے قسم کے شاعر زمانے کو کم اور مرغے کو زیادہ کوستے ہیں. پیتے پیتے نئی زمین تیار کرنا شروع کر دیں گے پھر اس پر گرہ لگانا شروع کر دیں گے. ان کو فاعلات فاعلات کی تقطیع منھ زبانی یاد ہوتی ہے.

لیجئے آپ بور ہو گئے سنتے سنتے، یہ افسانہ نگار کوئی کم پریشان کرتے ہیں. خدا معلوم یہ ادب کی تخلیق کس وقت کرتے ہیں. ہر وقت تو مجھے منہ سے لگائے ہوٹل میں ڈٹے رہتے ہیں. شاعر بے چارا تو صرف گا گا کر ہی بور کرتا ہے مگر یہ تو چلا چلا کر بور کرتے ہیں. ہوٹل کے کھلوانے، بھٹی سلگوانے اور ہوٹل بند کروانے میں ان کا بڑا ہاتھ ہوتا ہے. یہ چائے ادھار زیادہ پیتے ہیں اور چندہ کر کے کم، جب یہ اتفاق سے کسی کو افسانہ

سننے پر رضامند کر لیتے ہیں جو عام طور پر مخل ہوتا ہے تو اس کا یقین دلاتے ہیں کہ افسانہ پہلے افسانے سے اچھا ہے۔ ان کے کان میں پنسل اور بغل میں افسانوں کا پلندہ دبا رہتا ہے۔ جب یہ سنانا شروع کرتے ہیں تو لوگ اس دھوکے میں جمع ہو جاتے ہیں کہ کوئی تیر بہدف اشتہاری دوا فروخت ہو رہی ہے۔ افسانہ جب اپنے کلائمکس پر پہونچتا ہے تو سوائے افسانہ نگار کے سب وہاں سے رخصت ہو چکے ہوتے ہیں، ورنہ احتیاطاً سونا شروع کر دیتے ہیں۔ جب یہ آپس میں بات کرتے ہیں تو ایسا معلوم ہوتا ہے کہ افسانہ سنا رہے ہیں۔ جیب میں اگر رومال تلاش کریں گے تو ظاہر ہوگا کہ پلاٹ تیار کر رہے ہیں۔ جس میں سسپنس پیدا کرنے کے لیے ایکشن سے کام لیتے ہیں۔ رومال کے ملتے ہی جو عام طور پر کسی دوسرے سے مانگ لیتے ہیں۔ اُسے مانگنے میں ڈائیلاگس سے کام لیتے ہیں جس کا اختتام ٹریجڈی یا کامیڈی پر ہوتا ہے۔ ادبیات کا جواب اینٹ یا پتھر سے دیتے ہیں جسے افسانوی زبان میں کلائمکس سے تعبیر کیا جاتا ہے۔ جب ہنستے ہیں تو معلوم ہوتا ہے کہ افسانے کا ہیرو افیم کھائے اونگھ رہا ہے۔ ان کی باتوں سے پتہ چلتا ہے کہ یہ دوپہر کو سوتے، رات بھر افسانہ لکھتے اور اس کو صبح شام سناتے ہیں۔ کیونکہ ان کو لوگوں کی کمزوری معلوم ہے کہ وہ صبح شام ہوٹل میں آتے ہیں۔ آتے ہی یہ بتانا شروع کر دیتے ہیں کہ آج میں افسانے کی تلاش میں کانجی ہاؤس، ڈاک خانے، جنگل بیابان، قبرستان، اور میونسپلٹی کے گندے نالے تک مارا مارا پھرتا رہا، ان کی زیادہ تعداد سماج کی تلاش میں نکلتی ہے، یہ سماج کو دیکھتے ہی پنسل کاغذ نکال لیتے ہیں، عموماً سماج ان کو دیکھتے ہی بھاگ کھڑا ہوتا ہے، میرے پاس تو بھانت بھانت کے افسانہ نگار آتے ہیں۔ کچھ تو آتے ہی بجائے لب کے مجھ سے ڈاڑھی بنانا شروع کر دیتے ہیں۔ ہو سکتا ہے کہ ایسا وہ شکر گھولنے کے لیے کرتے ہوں، یہ آتے ہی لوگوں کو دہلا دیتے ہیں۔

ہوشیار رہو، جاگتے رہنا، پھر نہ کہنا ہمیں خبر نہ ہوئی، مذہب خطرے میں ہے ۔ ان میں اور ترقی
پسندوں میں بڑی نوک جھونک رہتی ہے۔ یہ ترقی پسند ہر وقت گورنمنٹ پر نظریں گڑائے رکھتے
ہیں۔ ان کے افسانوں میں لال مرچوں کی دھانس، سڑک کے گڑھے، فاقے کی موت اور
فلک شگاف نعروں کی گونج ضرور بسی ہوتی ہے۔ ان کے علاوہ سرمستی والے بھی تو یہاں
بکثرت آتے ہیں جو ہر وقت اپنے افسانوں میں محبوب کا اسکینڈل کرواتے پھرتے ہیں۔
ان میں سے بہت سے تو اب تک غدر سے متاثر نظر آتے اور بقیہ فاقوں سے۔ یہ دل کی
بات زبان تک لاتے ڈرتے ہیں کیونکہ زمانہ جو اتنا خراب آگیا ہے۔ ان قلم زدوں ہی کو لے
لیجئے میں تو ان سے عاجز ہوں، ہوٹل میں اس طرح آتے ہیں جیسے وہ کسی سنیما یا اسٹوڈیو میں
داخل ہو رہے ہوں۔ مجھے پاتے ہی اپنے ڈائیلاگس سنانے شروع کر دیں گے۔ جب چپ
ہوں گے تو ایسا معلوم ہوگا کہ فلم کی شوٹنگ روک دی گئی یا کوئی شاٹ کٹ کر دی گئی ہو۔
غرض آتے ہی نخرے شروع کر دیتے ہیں۔ یہ لباس سے مرد کم اور عورت زیادہ معلوم ہوتے
ہیں۔ یہ اپنے پھول دار اور طرح طرح کے تراش خراش والے لباس کو اس طرح سنبھالتے ہیں جیسے
کہیں سے جمپر یا بلاؤز لے بھاگے ہیں۔ بات کریں گے تو پتہ چلے گا کہ پوز بنا رہے ہیں۔ آتے ہی
اخبار کا تیسرا ورق کھول کر گنگنانا شروع کر دیں گے "ہم تو تیرے دل کے بنگلے میں آنا مانگتا"
بیرا جب ان سے چائے کے پیسے مانگے گا تو برہم ہو کر جواب دیں گے۔ "میرا بلبل سو رہا ہے، شور و غل
نہ مچا۔ جب مالک ہوٹل ان کو ادھار دینے سے معذوری ظاہر کرے گا تب یہ "غم کی دنیا سے
دل بھر گیا لے چل مرے دل کہیں اور چل" الاپتے ہوئے ایک نظر حسرت ان خوش حال گاہکوں
پر ڈالیں گے جو اس وقت مٹن چاپ اور سینڈوچ وغیرہ کھا رہے ہوں گے، اور کہیں گے
"جہاں بجتی ہے شہنائی وہاں ماتم بھی ہوتے ہیں۔" آتے ہی یہ اشوک کمار کی طرح ایک

ایک خاص فلمی ڈھنگ سے کش لے کر بیڑی کا دھواں چھوڑتے ہیں۔ وہ دھواں اُن کے کریم سے لپے پُتے چپکے ہوئے بدنما چہرے جس پر یقیناً مراد آبادی کام بھی بنا ہوتا ہے، کو چھپانے کی ناکام کوشش کرتا ہے۔ اس وقت یہ بالکل پانگ شو کا "موٹو" یا ٹنکر کا کارٹون معلوم ہوتے ہیں۔ آتے ہی نرگسی کوفتے اور شامی کباب کی فرمائش کریں گے۔ ان کی اس کمزوری سے فائدہ اٹھا کر مالک ہوٹل اپنا باسی مال ان کو فلم سٹارز کے نام پر کھلا دیتا ہے، یہ مگر اس بات کو مان لیتے ہیں جو اتفاق سے بڑے والے صاحب مرنے سے تھوڑی دیر پہلے کہہ گئے تھے۔ جب یہ دیکھیں گے کہ چائے آ رہی ہے تو گنگنانا شروع کر دیں گے۔ "دھیرے دھیرے آ رے... بادل دھیرے دھیرے آ۔ ان کے ہوٹل سے اٹھنے کا سین نہایت رقت آمیز ہوتا ہے ایسا معلوم ہوتا ہے کہ کسی لڑائی کے فلم کا سین چل رہا ہے۔ یا تو یہ کسی سنیما ہال میں گھس جائیں گے ورنہ پھر ہوٹل میں واپس چلے آتے ہیں۔ ع

وہی میں ہوں وہی یہ سر پھرے ہیں

جناب میں اپنی بپتا کہاں تک سناؤں۔ ان آنے والوں میں سب سے خطرناک قسم ان لوگوں کی ہوتی ہے جن کے آتے ہی مجھے ایسا معلوم ہوتا ہے کہ ان کے چاروں طرف ان کے باپ دادا اور چاچا تایا چاچاؤں کی روحیں لپٹی ہوئی ہیں۔ فالتو لوگ ان کو دیکھتے ہی گھیر لیتے ہیں۔ باقی لوگ ان سے اخلاقاً کترا جاتے ہیں۔ مجھے منہ سے لگتے ہی بس یہ شروع ہو جائیں گے۔ "اجی کھیتی گنج کے رشید چچا کو کون نہیں جانتا، مرحوم دتنا اچھا جمل کہتے تھے بھئی واہ واہ، سبحان اللہ، اور دستخط تو سبحان اللہ، کیا مجال جو کبھی چوک ہو جائے۔ شیر سنگھ صاحب کا زمانہ تھا، انھوں نے گھسیٹے کو پھانسی کی سزا دی گھسیٹے پھانسی کے لیے بھیج دیئے گئے۔ چچا سے گھسیٹے کی ماں اور بیوی کا رونا نہ دیکھا گیا۔

انھوں نے بڑی عدالت میں جاکر وہ اُلٹی سیدھی کہی کہ بساط اُلٹ کے رکھ دی۔ یہی کیا۔ گواہی کے لیے وہ باوثوق اشخاص پیش کیے کہ سرکاری وکیل سر پیٹ کے رہ گیا۔ یہ سب پچھلے کے دم کی تو برکت تھی۔ حکم قرقی کا ہوتا تھا فریق اول پر اور قرقی چلی آرہی ہے فریق ثانی کے یہاں، سنو تمھارے ولی میاں کے دادا کو ہوئی اور ٹکیتی کلو کے نام نے خدا بخشے ولی میاں کے دادا کو، مونچھوں پہ تاؤ دے کر گھوما کرتے تھے تاؤ۔ تم لوگوں نے وہ زمانے کہاں دیکھے جب چچی سر سے پیر تک سات رقم کا زیور پہنتیں۔ کانوں میں جو جڑاؤ گوشوارے پہنتی تھیں اُن میں صرف لاکھ لاکھ روپوں کے تو لعل جڑے ہوئے تھے ابا جان جب صبح بگھی پہ ہوا خوری کرنے نکلتے تھے تو ننگی تلواریں لیے چار سوار آگے اور چار پیچھے چلتے تھے۔ لوگ جھک جھک کر سلام کرتے تھے" ——— اتنے میں کسی بے فکرے نے فقرہ کس دیا۔ "اجی مرزا جی ایک بیڑی ہوگی آپ کے پاس؟" اور مرزا جی اس پر برس پڑیں گے۔ "چل بے بدتمیز بڑوں سے بیڑی مانگتا ہے۔ بڑی روٹیاں لگ گئی ہیں۔ اچھا نکال، ہے تیرے پاس کوئی بیڑی؟" —— جس وقت یہ ہنتو کو جوان کے خطرناک ارادے سے کہ غدر کے واقعات، اصلی گھی، خالص دودھ اور سرخ اینٹوں کے جوڑے کا لال مربہ اور پپیتے کے بیجوں کا کالی مرچ سے موازنہ کرتے ہوں گے تو ان کے پیر کی انگلیاں جوتے میں سے جھانکتی نظر آئیں گی۔ لٹیا چوروں سے بیزاری کا اظہار یوں کریں گے کہ کل جب وضو کر کے نماز پڑھنے کھڑا ہوا تو ابا جان کے وقتوں کا بیس سیر کا خالص چاندی کا لوٹا کسی لٹیا چور نے پار کر دیا۔ یہ بے چارے دنیا کے تمام آرام و آسائش سے پرہیز کرتے ہیں۔ حتیٰ کہ کپڑوں وغیرہ سے بھی ایک حد تک بے نیاز ہوتے ہیں۔ ان کا خیال ہے کہ دنیا کی ہر چیز پر ان کے باپ دادے اور دوسرے بزرگوں کا حق ہے۔ بس

بزرگی کے لیے شرط ہے کہ وہ مرحوم ہونا چاہیے۔ کیونکہ زندہ بزرگ مرحوم بزرگ سے کم بزرگ ہوتا ہے۔ چونکہ یہ پیٹ کے ہلکے ہوتے ہیں اور زمانۂ حال کو ہمیشہ ماضی کی طرف لے جانے کی کوشش کرتے ہیں، لہٰذا اسی کوشش میں اکثر بلا چائے کے پیسے دیئے غائب ہوجاتے ہیں۔ پکڑے جانے کی صورت میں اُدھار کردیتے ہیں۔ مگر میری جان تو عذاب سے چھوٹ جاتی ہے

میرے پاس آنے والی مخلوق کی ایک اور تکلیف دہ قسم بھی ہوتی ہے۔ ان کے لیے کوئی قید نہیں کہ وہ پڑھے لکھے ہوں یا کوئی خاص پیشہ کرتے ہوں، ان کے ہوٹل میں داخل ہوتے ہی ان کی بات چیت اور چال ڈھال سے معلوم ہوتا ہے کہ وہ یا تو بیٹنگ کر رہے ہیں ورنہ رنز بنا رہے ہیں۔ ہو سکتا ہے کہ وہ سینچری بنانے کی فکر میں ہوں۔ بات سننے کا انداز بتاتا ہے کہ کمنٹری سن رہے ہیں یا سنا رہے ہیں۔ جب بیرا ان کو پیسے واپس کرے گا تو یہ ان کو لینے کے بجائے کیچ کریں گے۔ جب یہ چائے پی چکیں گے تو کہیں گے کہ یار ہم تو آؤٹ ہوگئے۔ لیکن اگر آپ ان سے L.B.W کا مطلب پوچھ بیٹھیں تو فوراً یہ آپ کو منہ چڑا دیں گے۔ ایک دوسرے سے چائے پینے کے لیے اس قدر بیتاب نظر آتے ہیں کہ ایک دوسرے کو پکڑتے ہی چلانے لگتے ہیں "کیچ کیچ" ان میں سے پھر فوراً کوئی امپائر بن جاتا ہے ہو جائے کا مسئلہ پیش ہوتے ہی ٹاس کرتا ہے کہ چائے کا بل ہم ادا کریں گے یا تم۔ لیکن اگر ٹاس نہ ہو اور سکہ کھڑا ہو جائے تب یہ اُدھار پینے کا فیصلہ کرلیتے ہیں۔ چائے اگر بہت اچھی لگے تو یہ ونس مور چلانا شروع کر دیں گے اور اسی بہانے چائے کا دوسرا دور شروع کر دیں گے۔ ان کی زندگی مستقل کرکٹ میچ ہوتی ہے۔ اور عموماً چائے کے پیسے دیئے بغیر آؤٹ ہو جاتے ہیں۔ بے چارا ہوٹل والا ان کے

"ٹیپچے" نو بال، نو بال" چلا کر بھاگ نکلتا ہے، اگر یہ رنز بناتے ہوئے غائب ہو جاتے ہیں اور ہوٹل والے کی بالنگ ان کی بیٹنگ کے آگے بے کار ہو جاتی ہے۔ اور اس بھاگ دوڑ میں وہ اپنی سیکنڈ اننگ ڈکلیئر کرنے میں کامیاب ہو جاتے ہیں۔

مگر صاحب مجھ کو سکون اس پر بھی کہاں ملتا ہے۔ یہ ریس والے جن سے میں بہت زیادہ بدظن ہو جاتی ہوں ان چھوٹی چھوٹی باتوں کو ہمیشہ ناپسند کرتے ہیں۔ کرکٹ کے کھلاڑی کے چمپت ہوتے ہی یہ میرے کانوں پر چلانا شروع کر دیتے ہیں دیکھو دیکھو بلیک کوئن دن اور یہ، ان، اد بلیس ہو رہی ہے۔ یہ ریس والے آتے ہی مجھے کیوں بلا لیتے ہیں۔ ورنہ میں تو دیکھتی ہوں کہ ان کے ہاتھ میں طوطا ریس کا ٹنڈ ہوتا ہے اور دل میں یہ برابر شرط لگاتے رہتے ہیں۔ ان کا دماغ کسی نہ کسی ریس کورس کی کھائی پھاندتا رہتا ہے۔ بس یہ آتے ہی "کم اپ جاکی، کم اپ جاکی" چلانا شروع کر دیتے ہیں۔ اور بے خیالی کے عالم میں تشتری ان کے ہاتھ سے گر کر اگر ٹوٹ بھی جائے تب بھی اس کے دام یہ کبھی ادا نہیں کریں گے۔ ان کا کہنا ہے کہ "فرض کرو یہ تشتری اگر مالک ہوٹل کے ہاتھ سے گر کر اگر ٹوٹ جاتی تو کیا ہوتا؟" یہ ہر وقت اپنی آنکھوں پر دوربین چڑھائے نہایت بے قراری کے ساتھ بدھ اور ہفتہ کا انتظار کرتے رہتے ہیں۔ ان کے حساب سے ہفتہ دو دن کا ہوتا ہے۔ اگر آپ اصرار کریں تو باقی دن یہ رات میں جوڑ دیں گے ورنہ مہینوں اور سال میں شمار کر دیں گے۔ یہ اپنے بات کے دھنی ہوتے ہیں اوربیں کے اڑیل ٹٹو کی طرح ہر بات پر اڑ جاتے ہیں۔ ان کی باتوں سے ایسا معلوم ہوتا ہے کہ آج کی ریس کا آنکھوں دیکھا حال ریڈیو سے براڈکاسٹ کیا جا رہا ہے۔ یہ آتے ہی بے پر کی اڑانا شروع کر دیتے ہیں۔ آج کل بنسلنگ والے بہت بے ایمان

ہو گئے ہیں۔ کئی لوگ غلط بھاؤ لکھوں دیتے ہیں، جاکی گھوڑے کو بجکا دیتے ہیں میں تو کہتا ہوں کہ اگر مدھو بالا کی لگام نہ کھینچ لی جاتی تو بھلا دلیپ کمار ون آ سکتا تھا۔ ریس والوں کے تو اب بڑی روٹیاں لگ گئی ہیں۔ صدر لیپٹ کے گھوڑے کا آخر یونی لیپٹ میں کھنے کا کیا تک تھا۔ یوں ہی تو مل کر ٹپس بنائی جاتی ہیں ورنہ نومینیشن تو ڈاور بڑے کے یوں بھاؤ نہ گر جائے۔ اچھا مالی گنج والی ریس کا کیا ہوا۔ آ گیا: منل ایپا ٹرون۔ میں تو پہلے ہی کہتا تھا نہ کہ اس پر دو کے تین یا پانچ کے سات لگا دو۔ اگر دو دو آنے بھی بنتے تو تم سات روپے جیت پر رہتے۔" اس کے بعد گھوڑوں کے نام، وزن، بھاؤ، خوراک، پچھلا ریکارڈ اور اس پر چڑھنے والے جاکی کے حسب و نسب پر بات شروع ہو جائے گی جو اگلی ریس تک جاری رہے گی۔

مجھ کو بے لاگ بور کرنے والوں میں اخبار نویس بھی کسی سے پیچھے نہیں رہتے۔ یہ دنیا کا حال بتلاتے ہوئے ہوٹل میں داخل ہوتے ہیں۔ ان کے دل میں کشمیر کا مسئلہ، دماغ میں کوریا کی لڑائی، زبان پر پاک امریکن ملٹری پیکٹ، ہونٹوں میں سگریٹ، ہاتھ میں چائے کی پیالی ہوتی ہے۔ یہ ہمیشہ سچ کو سچ بنانے کی فکر میں دبلے اور جھوٹ کو جھوٹ بنانے کے غم میں بیمار رہتے ہیں۔ ان کو یہ نہیں معلوم کہ آج گھر میں چنے ختم ہو گئے، مگر یہ فوراً بتلا دیں گے کہ ماسٹر تارا سنگھ پنڈت نہرو کے کان میں کیا کہنے والے ہیں، مہتروں کی ہڑتال کا اثر پوسٹ اینڈ ٹیلی گراف کے محکمے پر کیا پڑے گا، بڑے لوگ آج کل کیا کر رہے ہیں۔ جرائم کی رفتار صوبے میں کم، پولیس تھانوں میں اس سے کم، اور اخباروں میں سب سے زیادہ ہو رہی ہے۔ ہائے خبروں کو آج کل کیا ہو گیا ہے۔ نہ کہیں لڑائی ہے نہ دنگا فساد، بڑے بڑے لیڈروں نے تو جیسے آج کل اپنے منہ سی

رکھے ہیں۔ عوام اور سماج دکھلائی نہیں پڑتے۔ خبریں بناتے بناتے ناک میں دم ہو۔ لوگ آج کل ہمارے اخبار میں بہت کم دلچسپی لے رہے ہیں۔ جب مالک ہوٹل کو ان سے ہوٹل خالی کروانا ہوتا ہے تو وہ آکر ان سے دریافت کرے گا۔ "ارے بھئی اخبار نویسو! آخر تم کو کچھ بسنت کی بھی خبر ہے۔ ابھی ابھی کچھ دیکھا"۔۔۔ پھر وہ اُن کے کان میں کہے گا "ابھی ابھی ادھر سے دو تین لیڈر بغل میں کچھ بیانات دبائے جارہے تھے۔ غالباً ہوائی اڈے کی طرف گئے ہیں"۔۔۔ پھر یہ سب اچھل کر "اکس کلوزیو انٹرویو اور خصوصی بیانات" کا نعرہ بلند کرتے ہوئے فوراً ہوٹل سے غائب ہوجاتے ہیں۔

مگر اس سے کیا ہوتا ہے صاحب۔ پھر یہ افیونی آکر بے پر کی اڑانا شروع کردیتے ہیں۔ افیونی اخبار نویس کو بالکل منہ نہیں لگاتا۔ اس میں قوم پرستی کا جذبہ شدت سے ہوتا ہے۔ اس وجہ سے افیونی ہمیشہ افیونی کا ذکر کرتا رہتا ہے۔ افیونی کا حلیہ بالکل ایسا ہوتا ہے جیسا کہ خود افیونی۔ اس کے سر پر بال مانند ایک گنج کے ہوتے ہیں جن میں چڑیاں باآسانی گھونسلے بنا سکتی ہیں، مگر ان میں چڑیاں نام کو نہیں رہتیں، بلکہ کھٹمل، جوئیں، لیکھ اور دوسری حشرات الجسم کا مستقل قیام۔ افیونی بہت مہمان نواز ہوتا ہے اور اپنے مہمانوں کا بہت خیال رکھتا ہے۔ آنکھیں اندر کو دھنسی ہوئی یا برائے نام ہوتی ہیں۔ جن کے چاروں طرف نہایت تاریک گڈھے اور حلقے پڑے رہتے ہیں۔ جو چہرے کی جھرّیوں سے ہر مقام پر آ کر ملتے ہیں۔ اور جھرّیوں کے لٹکنے سے افیونی کا تانبا جیسا چہرہ طباق کی طرح صاف اور پھاؤڑے کی طرح کھلا ہوتا ہے۔ اس کی کھنچی ہوئی گردن، جھکی ہوئی کمر کا ساتھ دیتی ہے۔ اس کا قد اس لاٹھی کے برابر ہوتا ہے جس کو وہ ٹیک کر چلتا ہے۔ اگر کہیں اتفاق سے قد نکلنے لگے تو وہ اپنی کمر کو خم

دے کر لاٹھی کے برابر کر لیتا ہے۔ یہ جوتی برائے نام پہنتا ہے بس اس طرح کہ نہ صرف پیر آزاد رہیں بلکہ زمین سے بھی جلبِ منفعت ہوتا رہے۔ اس کے ایک ہاتھ میں لاٹھی ہوتی ہے دوسرے میں افیون کی گولیاں۔ ادھر اس نے مجھے منہ لگایا اور اُدھر اس پر پینک سوار ہوئی مگر خود یہ کرسی پر سوار ہو جاتا ہے اور پینک میں جھوم جھوم کر کہنا شروع کرتا ہے۔

"اماں کیا کشمیر کشمیر چلاتے ہیں۔ خدا بخشے ماموں جان کی ڈیوڑھی پڑا پڑا چلمیں بھرا کرتا تھا۔ اب چار روز سے لیڈر کیا ہو گیا ہے، بس منہ نہ کھلواؤ، تم لوگوں نے تو اس کو آسمان پہ چڑھا رکھا ہے اور یہ مُردہ کو دیا، اے بھائی اس کو تو بڑے نواب صاحب جنت مکانی رکھے ہوئے تھے، اے قربان جاؤں۔ اہا کیا مجرا کیا کرتا تھا۔ یہی ہاتھ ہیں جنھوں نے ہزار ہزار کے توڑے اس کو یوں ہی اٹھا کر دے دیے تھے۔ اس کی آنکھوں میں غضب کا شباب تھا۔ چھبن بائی تو مرمٹی تھی اس کی آنکھوں پر۔ پھر جب کو دیا شام کو سج بن کر چھبن بائی کے ساتھ چوک سے مونچھوں پر تاؤ دیتا ہوا گلے میں ہار پھول ڈال کر نکلتا تھا تو میرے لیے خیراتی کے یہاں سے ایک پڑیا افیم اور ایک دونا قلاقند لیا کرتا تھا۔ تم لوگ کیا جانو یہ کو دیا تو میری گودوں کا کھلایا ہوا ہے۔ جوانی میں نواب چھتری قدر سے اس کی ماں کی آنکھ لڑ گئی تھی۔ انھوں نے اس کو اپنے گھر ڈال لیا تھا۔ کو دیا تو اسے والی گلی میں تو رہا ہی کرتا تھا۔ جب یہ پینک کے زور میں بجائے کرسی کے زمین پر آرام کرنا شروع کر دیتے ہیں تو مالک ہوٹل انھیں گود میں اٹھا ان کی گھر والی کے سپرد کر آتا ہے اور وعدہ لے لیتا ہے کہ مرزا صاحب کو کل ضرور چراغ جلے افیم کھلا کر بھیج دینا۔

افیم چی کے جاتے ہی مقامی سیاسی لیڈر بھی بور کرنا شروع کر دیتے ہیں۔ یہ لگ

افیونی سے کسی حالت میں کم نہیں ہوتے۔ چونکہ اخبار نویس ان کو منہ نہیں لگاتے اس لیے یہ ہمیشہ اخبار نویسوں سے خفا رہتے ہیں۔ اور اپنے بیانات مجھے یار دی کی ٹوکری کو اس طرح دیتے ہیں کہ عوام یا سماج کو کانوں کان خبر نہ ہو، یہ جانتے ہیں کہ سماج کو اگر پتہ چل گیا تو سر کے بال گننے میں آسانی ہو جائے گی اور یہ بات شاید ان کو پسند نہیں۔ ان کی لیڈری چائے خانے میں پرورش پاتی ہے۔ یہ ہوٹل سے رخصت ہوتے وقت تمام سیاسی مسائل کو اٹھا کر طاق پر رکھ جاتے ہیں۔ آتے ہی ان پر بڑے بڑے مسائل طاری ہو جاتے ہیں۔ یہ ہمیشہ بڑے آدمیوں سے خفا رہتے ہیں اور پھر اپنی خفگی کا سبب صیغۂ راز میں رکھتے ہیں۔ جب کوئی سیاسی ہنگامہ ہوتا ہو تب پہلے یہ اخبار نویسوں سے رو رو کر درخواست کرتے ہیں کہ ہمارا بیان چھاپیے۔ پھر عوام کو بتلاتے ہیں کہ ہم انڈر گراؤنڈ ہونے جا رہے ہیں۔ اس کے بعد پولیس والوں کی خوشامد کرتے ہیں۔ "ہم کو گرفتار کر لو پیارے"۔ مگر پیار سے پولیس خود اپنے کو گرفتاری کے لیے پیش کر دیتے ہیں ورنہ بھاگ کھڑے ہوتے ہیں۔ ان کا چہرہ میدان جنگ کا نقشہ پیش کرتا ہے۔ یہ ایک دوسرے سے چھین چھین کر بیڑیاں پیتے ہیں۔ اور قوم کے نام پر چائے پینے کی کوشش کرتے ہیں۔ جب یہ آپس میں بات کرتے ہیں تو ایسا معلوم ہوتا ہے کہ تقریر کر رہے ہیں۔ جو بلند ہو کر نیولے اور سانپ کی لڑائی میں تبدیل ہو جائے گی اور معلوم ہوتا ہے کہ ایک دوسرے کو نگل جائیں گے۔ جب یہ چلے جاتے ہیں تو مالک ہوٹل بے چارا روتا ہے کہ چلتے چلاتے کل پھر آنے کی دھمکی دے گئے ہیں۔

چائے کی پیالی فریاد کرتے کرتے رُک گئی اور پھوٹ پھوٹ کر

رونے لگی۔ پھر بولی۔" ارے آپ تو جارہے ہیں۔ میں عمر بھر آپ کا احسان مانوں گی۔ خدا کے لیے مجھے اس جہنم سے بچائیے۔ میں سکون چاہتی ہوں۔" سکون میں نے گھوم کر چاروں طرف دیکھا۔ میدان صاف تھا۔ چائے کی پیالی جیب میں ڈال تو دو گیارہ ہو گیا۔

رستم امتحان کے میدان میں

سہراب نے کہا ——————

"ابا جان! کم سے کم ہائی اسکول ہی کر ڈالیئے۔ میرے دوست مجھے جب چڑھاتے ہیں کہ تمہارے ابا تو میٹرک فیل بھی نہیں تو مجھے بڑی شرم آتی ہے۔"

رستم بولا ——————

"ہم میٹرک فیل کر کے کیا کریں گے، ہمارے پاس خود ہزاروں میڈل خالص سونے کے پڑے ہوئے ہیں۔" مگر یہ بات رستم کے کلیجے میں تیر کے مثل لگی کہ یہ نئی پود ہم کو جاہل سمجھتی ہے۔ یعنی مملکت نیمروز کا بادشاہ، رستم جہاں، شیر تن پہلوان جاہل اور نان کوالی فائیڈ۔

——————

شب کو رستم نے خواب میں دیکھا کہ سہراب مٹھائی بانٹ رہا ہے، صبح اٹھ کر اس نے

منجموں اور کاہنوں کو طلب کر کے، اصل واقعۂ خواب کہہ سنایا۔ اور حکم دیا کہ جلد اصل حقیقت سے آگاہ کیا جائے۔ مگر جب دیر تک وہ خوف سے کچھ نہ بولے تو رستم نے کہا ـــــ " جلد بتاؤ ورنہ مار مار کر سب کو اُلّو بنا دوں گا۔ اچھا میں تم کو تین دن کی مہلت دیتا ہوں۔ کہ تم سب لوگ آپس میں بحث کر کے ایک سچّی تعبیر اس خواب کی مجھے بتاؤ ـــــ" دربار سے واپس ہو کر سب نے صلاح کی۔ "اب کیا کرنا چاہیے۔ اگر سچّی تعبیر بتلاتے ہیں تو خوف ہے کہ یہ غصّہ میں آ کر ممتحن کو نہ مار ڈالے اور اس گھر کی اس کا اسکول سے رسٹی کیشن ہو جائے یا اس پر کیس چل جائے۔ اگر نہیں بتلاتے ہیں تو جان کا خوف ہے ـــــ" آخر ان میں سے ایک شخص جس کا کچھ یونہی سا نام تھا اپنی جان راست گوئی پر نثار کرنے کے لیے تیار ہو گیا۔ اور رستم کی خدمت میں حاضر ہو کر دو زانو مؤدب ہوا اور عرض کیا۔

"اے پہلوانوں کے پہلوان، یہ دُنیا دارالامتحان ہے۔ اس میں جو بیٹھے گا اُسے کسی نہ کسی دن ورنہ رات میں نتیجہ ضرور دیکھنا پڑے گا۔ نوشیروان عادل نے زمانۂ طالب علمی میں 'ٹاپ' کرنے کی کوشش کی، مگر اسے صرف پاس ہونے بھر کے نمبر لانے کے لیے نو بار امتحان میں بیٹھنا پڑا۔ کیسے کیسے شاہان اولوالعزم جو ٹاپ کرتے اور ولایت پڑھنے کے لیے بھیج دیئے جاتے۔ اُن کی ڈگریاں آج ہزاروں من مٹی کے نیچے دبی پڑی ہیں کہ دیمک بھی اُن تک جاتے گھبرائے۔ جس طرح آپ نے سہراب کو پڑھا لکھا کر سینیر کیمبرج کر وایا۔ اسی طرح خاکم بدہن حضور کا سرٹیفکٹ ایک نوجوان مسمیٰ احقر لکھ کر بعد ایک مدت کے دے گا، یہی اس خواب کی تعبیر ہے۔"

رستم ــــــــــ

"یہ ممتحن کون ہے اور ہم کو کیوں فیل کرے گا ــ ــ

نجومی نے زمیں بوس ہو کر جواب دیا ــــــــــ

"حضور، میرے منہ میں خاک! آپ محض نقل کرتے ہوئے پکڑے جائیں گے اور وہ آپ کی کاپی پر نشان بنا دے گا ــ"

ــــــــــ

دوسرے دن خواب میں رستم کو ہیڈ ماسٹر صاحب نظر آئے۔ کہنے لگے ـ

"کبھی ہم کو دیکھا ہے؟"

"جی ہاں ابھی ابھی خواب میں دیکھ لیا ہے۔"

اس پر وہ چراغ پا ہونے کی کوشش کرتے ہوئے بولے۔

"تجھ کو خدا سے شرم نہیں آتی کہ اس نے تجھے اس قدر منصب، جاہ و جلال عطا کیا اور حیف کہ تو تھرڈ ڈویژن میں دسواں بھی نہ پاس کر سکا۔ ارے رستم اتنا ہی پڑھ لیا ہوتا کہ کمپارٹمنٹل ہی میں آ گیا ہوتا۔"

دوسرے دن دوسرا خواب دیکھ کر رستم دوبارہ بیدار ہوا اور اختر شناسوں کو طلب کر کے خواب بیان کیا اور تعبیر پوچھی۔

ایک اور اختر شناس نے جو اختر شماری میں بھی دخل رکھتا تھا عرض کی۔

"بس اب آپ کو کسی اچھے ٹیوٹر کی تلاش شروع کر دینی چاہیے۔ ورنہ پھر شاہ افراسیاب کو آپ کی ہنسی اڑانے کا اچھا موقع ملے گا۔" تعبیر سن کر رستم نے سب

اختر شناسوں کو رخصت کیا کہ ریسٹورنٹ میں جاکر بیڈ ٹی لیں اور خود رخش پر سوار ہوا اس کی باگ زابلستان کی جانب پھیر دی اور رخش کے کان میں کہا، بس اب زابلستان ہی میں رکنا ہوگا، یہ سن کر رخش ہنہنایا۔ خدا کی قدرت کہ گھوڑا ہو کر سب کچھ سمجھ لیتا تھا۔ جدھر سے رخش گزرجاتا معلوم ہوتا کہ مانسون نکل گیا۔ جگہ جگہ زمین اس کے اور رستم کے مشترکہ بوجھ سے شق ہوجاتی اور زمین سے پانی کے فوارے چھوٹنے لگتے۔ جن کی موسیقی کانوں کو بڑی بھلی لگتی، سفر کی تکان نہ محسوس ہونے پاتی۔

زال کو جب آمدِ رستم کی خبر ہوئی تو خود استقبال کے لیے گیا۔ باپ کو آتا دیکھ کر رستم گھوڑے سے کود پڑا۔ راستے بھر دونوں خاموش رہے۔ رستم تکان کی وجہ سے اور زال رستم کی خاموشی کے سبب، دربار میں پہونچکر زال نے رستم کو گلے لگایا، اور حال چال دریافت کیے، رستم نے کہا۔ "چال تو آپ رخش کی دیکھئے جو مجھے یہاں تک لایا ہے، اور حال مجھ سے سنیئے ——" پھر اس نے پورا واقعہ بتا دیا۔

زال نے نجومی طلب کیے، رستم کا زائچہ بنوایا۔ اور اس کی مارک شیٹ ٹیلی کرائی سب نے یک زبان ہوکر کہا ——

"یہ تو بہت ہی جیدا نیلکمول ہوسکتا ہے۔ بشرطیکہ پڑھے پہلے اور امتحان بعد میں دے ——"

اس پر زال بیٹے کو خلوت میں لے گیا اور دل پہ جبر کر کے پوچھا —— "بیٹا کہیں بڈھے طوطے بھی پڑھا کرتے ہیں ——؟"

"رستم نے سر جھکا کر آنکھوں میں آنسو لانے کی ناکام کوشش کرتے ہوئے جواب دیا ——

"ابا جان اس وقت غالباً آپ سانٹے کا پاٹھا بھول رہے ہیں۔ طوطے تو طوطے اس عمر کی طوطیاں تک پڑھ سکتی ہیں۔"

یہ کہہ کر رستم نے شہادت کی انگلی بلند کی اور مشرق کی جانب اشارا کیا، جہاں ایک پنجرے میں ایک طوطا اپنا سبق پڑھ رہا تھا اور کئی طوطیاں اُسے ٹیوشن رہی تھیں۔

بیٹے کی ذہانت دیکھ کر زال بے حد خوش ہوا اور بیٹے سے اٹھ کر دوبارہ بغل گیر ہوا۔ اور سارے دربار کو رستم سے حکمِ بغل گیری سے سرفراز کیا۔ بعد اس کے اس پر سے زر و جواہر نثار کیا اور خلعتِ زرنگار سے نوازا ــــ انعام و اکرام میں فونٹین پن کی کشتیاں سیکڑوں گھڑیوں میں نفیس اور عمدہ روشنائی کی ٹکیاں، حافظے کی گولیاں، اور صدہا پیٹی محبوب دماغ آور، کئی زریں کمر ردی کا تب، کئی سٹ ٹیوٹر، کئی گردش قلم دان، کئی رم کاغذ اور ایک مکمل لائبریری، ینگ مین سیریز والی، کورس کی کتابیں، کلاس نوٹس، گیس اینڈ سالوڈ پیپر نذرے مزین ــــ، اور رخصت کی اجازت طلب کرنے کے لیے شاہ کیکاؤس کی خدمت میں روانہ کیا ــــ

شاہ کیکاؤس بے حد ضدی بادشاہ اور بے وقوف آدمی تھا۔ جب اس نے سُنا کہ رستم یو۔پی بورڈ سے ہائی اسکول کرنے جارہا ہے، پہلے تو اس نے سُنی کو اَن سُنی کرنے کے لیے کہا ــــ "اچھا بتاؤ ہم نے یہ کس سے سنا ہے؟"۔ رستم نے فوراً بتا دیا کہ "یہ آپ نے ہم سے سُنا ہے ــــ"۔ اس پر وہ کچھ لاجواب اور کچھ نامعقول ہو گیا اور اس کی خبیثی منسوخ کر دی ــــ مگر چونکہ رستم کا مذہب بادشاہ کی اطاعت کرنا تھا اس وجہ سے وہ خون کے کئی گھونٹ یک لخت پی گیا، مگر چپ نہ رہ سکا اور

ہائی اسکول میں بیٹھنے کی دوبارہ اجازت طلب کی، کیکاؤس دیکھتے دیکھتے غصہ میں بھر گیا، اُس نے طوس کی جانب قہر آلود نگاہوں سے دیکھا جو اس وقت مرغ کھانے میں مشغول تھا۔ اس نے مکھن لگاتے ہوئے کیکاؤس کی جانب دیکھا، کیکاؤس نے اُسے حکم دیا۔ "اسی وقت جا کر رستم کو دار پر چڑھا دے ــــ" طوس نے اطاعت شاہی کے زعم میں رستم پر ہاتھ ڈال دیا۔

رستم دیکھتے ہی دیکھتے آگ کا بگولا بننے لگا۔ اس نے ایک گھونسہ طوس کی پشت پر رسید کیا۔ طوس منھ کے بل زمین پر گرا۔ رستم کیکاؤس کی جانب دیکھ کر کہنے لگا۔ آپ کے حواس درست ہیں۔ آخر کس کی شان میں اس گستاخی کا حکم دیا جا رہا ہے۔ یہ میرے احسانوں کا بدلہ مل رہا ہے، فلاں فلاں موقع پر میں نے آپ کی بادشاہت اور جان بچائی۔ یہ میرے احسانوں کا بدلہ مل رہا ہے۔ اب میں جاتا ہوں خواہ مجھے پرائیوٹ ہائی اسکول کیوں نہ کرنا پڑے۔ یہ میرے بچے کی ترقی کا سوال ہے۔"

یہ کہہ کر رستم دربار سے نکلا اور گھوڑے پر سوار ہو کر قلعے کے باہر نکل گیا۔ گودرز نے جو یہ رنگ دیکھا تو سرداروں کو تو رستم کو سمجھانے بھیجا اور خود کیکاؤس کو سمجھانے لگا۔

ــــ "آپ رستم کو علم حاصل کرنے سے روکتے ہیں، علم حاصل کرنے اگر آدمی پیدل چین جانے کا ارادہ ظاہر کرے تو اس کی ہمت بندھانا چاہیے۔ کہ ہو سکے تو جاپان بھی چلے جانا ــــ" اُس نے کچھ اس طرح سمجھایا کہ کیکاؤس کو اتنا کچھ سمجھ میں آ گیا کہ خود معافی مانگنے کے لیے دوڑا۔ غرض کیکاؤس نے معافی مانگی اور رستم نے معاف کیا۔

کیکاؤس نے بے اختیار اُس کے گلے میں باہیں ڈال دیں اور معذرت خواہ

ہوا ——— " تم نے سمجھنے میں غلطی کی، ہندوستان جانے کے لیے باقاعدہ پاسپورٹ بنوانا پڑتا ہے۔ یہ توران کی سرحد نہیں ہے کہ گورخر کا شکار کھیلنے کے لیے گئے اور ملک فتح کر آئے۔ ہندوستان سے ہمارے تعلقات پنج شیل قسم کے ہیں۔ پھر اس نے ہندی سفیر کو طلب کر کے احوال بیان کیا۔ سفیر نے رستم کے تن تنہا جانے کی شرط منظور کر لی۔ کیونکہ یہ تن تنہا پوری فوج پر بھاری تھا، اور دوسرے اگر ان کی آمد کو صیغۂ راز میں نہ رکھا گیا تو لڑکے رستم کو گھیرے رہیں گے۔ نہ خود پڑھیں گے نہ انھیں پڑھنے دیں گے۔ یہ سفر کی تیاریاں شروع کر دیں۔ مگر اول تو انھیں ہندی پڑھنا ہوگی، دوم ان کو کالرے اور چیچک کے ٹیکے لگوانے پڑیں گے ——— ان کا پاسپورٹ اور ویزا جلد ہی مل جائے گا۔" ——— علم کے شوق سے مغلوب ہو کر رستم نے یہ شرطیں منظور کر لیں۔

غرض رستم نے جانے کی تیاریاں شروع کر دیں۔ بیٹے کو خدا حافظ کہنے کے لیے زال بھی اپنے ملک سے آ گیا تھا۔ رستم کا پاسپورٹ بھی بن کر آ گیا تھا۔ رستم جانے کے لیے تیار ہو گیا۔ زال نے کہا، بیٹا احتیاطاً سہراب کو بھی اپنے ساتھ لے جاؤ کہ وہ گلیاں اس کی دیکھی ہوئی ہیں۔ پھر اس نے سمجھاتے ہوئے کہا ——— "یہ تو مجھے یقین ہے کہ تم اس امتحان پر بھی غالب آؤ گے۔ لیکن دو باتیں میری گرہ میں ڈال لو۔ ایک تو بنگال کی طرف نہ جانا کہ وہاں کا سحر مشہور ہے۔ دوسرے پنجاب سے گزرنا تو لیکن آنکھ نہ اٹھانا کہ حسن میں بے مثال ہو اور لمحہ بھر میں آدمی پہلوان سے عاشق ہو جاتا ہے۔ اب رہا جانے کا تو زابل سے یو۔پی جانے کے دو راستے ہیں۔ ایک راستے سے آدمی کئی مہینے میں پہونچتا ہے اور دوسری راہ سے دو ہفتہ میں ہی پہونچ جائے گا۔

پہلے راستے سے جانے میں خیال ہے کہ جب تک تم پہونچو کہیں ایسا نہ ہو کہ اسکول کھل کر بند ہو چکے ہوں۔ اور تمھارا داخلہ بھی نہ ہو سکے۔ اور دوسرا راستہ ایسا پُرخطر ہے کہ ہر ہر منزل پر نئی نئی بلاؤں کا سامنا ہوتا ہے ___ پہلے راستے سے جانے کی عقل ممانعت کرتی ہے۔ اور دوسرے راستے سے محبت اجازت نہیں دیتی۔ لہذا متردد ہوں کہ تم کو کس راستے سے جانے کی اجازت دوں۔" رستم نے عرض کی ___ "بلاؤں سے ڈرنا نامردی ہے۔ جتنا جلد ہو سکے مجھے ہندوستان پہونچنا چاہیے۔ غرضیکہ رستم قریب کے راستے سے جانے کے لیے تیار ہو گیا۔ واضح ہو کہ یہ راستہ اس قدر خطرناک مشہور تھا کہ رستم کے ساتھ جانے کے لیے اس کے ماسٹر صاحبان تک نہ تیار ہوئے۔

پڑھنے والو! رستم کی شجاعت کا اسی سے اندازہ کرو کہ اس نے تن تنہا جانے کا قصد کیا، اور دوسرے روز بغیر کسی سامانِ سفر کے بغل میں بستہ دبا، مسلح ہو اور خش پر دار ہوا۔ اور ہندوستان کا راستہ لیا۔

ہفت خوانِ رستم

پہلی منزل نئی نئی بلاؤں کا سامنا } رستم اس تیزی سے راستہ طے کر رہا تھا کہ ایک ایک دن میں دو دو منزل کی مسافت طے کرتا تھا۔ پہلی منزل پر شام کے وقت رستم کو

معمول کے خلاف بھوک محسوس ہوئی۔ اس وقت رستم ایک سبزہ زار میں تھا جہاں ایک چشمۂ شیریں بہہ رہا تھا، بہت سے صحرائی جانور چر رہے تھے۔ رستم نے ان میں سے ایک گورخر کا شکار کیا اور اس نے اپنا شکم سیر کیا، چشمے سے پانی پیا اور رخش کو چرنے کے لیے چھوڑ دیا۔ اپنی تلوار کو تکیہ بنایا، گھڑی کا الارم لگایا، کیونکہ ادھر رستم علی الصباح اٹھ کر پڑھنے کا عادی ہو چلا تھا۔ اور پھر اس بکس الٹ پلٹ کر دیکھنے لگا۔ کہ تھوڑی ہی دیر میں تکان کے سبب بے تکان خراٹے بھرنے لگا۔ یہ مقام افراسیاب کی شکار گاہ تھا اور دشت وغوچلے کہلاتا تھا، اس مقام پر ایک جٹ فائٹر اترنے کے لیے چکر کاٹ رہا تھا جس نے یہاں سے فاصلے پر تجربہ کے لیے ہائیڈروجن بم پھینکا تھا، اور انجن کی خرابی کے سبب زمین پر اتر رہا تھا، مگر یہاں پر ہم کو یہ بھی شک کرنا چاہیے کہ ہو نہ ہو اس میں کچھ افراسیاب کی شرارت ہو اور وہ اس کے ذریعہ رستم کو اغوا یا بمبارڈ کروانا چاہتا ہو۔ بہرحال جیسے ہی طیارہ زمین پر رکنے کے لیے دوڑا تو رخش ہوشیار ہو گیا۔ دوسرا گھوڑا ہوتا تو جٹ فائٹر کی بو پا کر بھاگ جاتا۔ مگر رستم کا گھوڑا بھی یا ہی تھا۔ جیسے ہی جٹ زمین پر رینگا اُس نے بڑھ کر ایک دولتی جھاڑ دی۔ جہاز سے شعلے بلند ہونے لگے، غرض رخش نے مارے ٹاپوں کے طیارے کو چکنا چور کر دیا۔ اور تھوڑی دیر میں طیارہ پورے بھر خاک میں تبدیل ہو گیا، جب طیارہ خاک سرد ہو گیا تو رخش پھر چرنے میں مصروف ہو گیا۔ علی الصباح جب الارم بجا اور رستم بیدار ہوا تو سامنے خاک کا تودہ نظر آیا۔ چند لکڑی و لوہے کے ادھ جلے ٹکڑوں پر رخش کی ٹاپوں کے نشانات دیکھے، سمجھا کہ میرے رخش نے اس کا شکار کیا ہے۔ شیر کی طرح رخش پر گرجنے لگا، اگر تجھ کو یہ اٹھالے جاتا تو پھر مجھ کو ہندوستان تک کون

ہو جاتا۔ میں تو کہیں کا نہ رہتا۔ میری پہلوانی اور طالب علمی تیرے دم تک ہے۔ اب اگر آئندہ کوئی خطرناک واقعہ پیش آئے تو ہنہنا کر مجھے جگا دینا، خود نہ مقابل ہونا (بھئی نہ معلوم کیسا گھوڑا تھا کہ ہر بات سمجھ لیتا تھا اور اس پر ٹائم ٹیبل بنا کر عمل بھی کرتا تھا۔ خدا ایسا سعادت مند گھوڑا ہر ایک کو دے) لہٰذا رستم پہلے رخش پر خفا ہوا پھر اس پر سوار ہو کر روانہ ہوا۔

رستم دو چار سو میل ہی چلا ہوگا کہ اسے ایک ریگستان نظر آیا۔ ریت کی وجہ سے رخش کی رفتار میں کمی ہو گئی۔ تمازت آفتاب کے ساتھ ساتھ ریت میں بھی حرارت پیدا ہو گئی۔ دھوپ سے رستم کی زرہ جلنے لگی۔ رستم کے بدن میں آگ لگ گئی۔ (مگر اب کچھ بھی نہیں ہو سکتا تھا۔ کیونکہ جنگل میں فائر بریگیڈ کہاں) اور اس کے بستے کی کئی کتابیں جل گئیں۔ پسینہ اس قدر نکلا کہ رستم اور رخش دونوں سیراب ہو ہی گئے۔ مگر اب بھوک کا غلبہ ہوا۔ رستم دور دور تک کھانے کی تلاش میں گھوڑا پھینکتا ہوا گیا لیکن صحرا ختم ہونے کا نام ہی نہ لیتا تھا۔ مجبوراً بھوک سے بیدم ہو کر گھوڑے سے اترا اور ریت میں تڑپنے لگا۔ جیسے ہی اسے اپنی مجبوری کا احساس ہوا فوراً خدا یاد آ گیا۔ گڑگڑا کر جو رویا تو درگاہ قاضی الحاجات میں اس کی دعا قبول ہوئی۔ رستم کے سامنے سے ایک گورخر چوکڑیاں بھرتا ہوا گزر گیا، رستم نے اس کا پیچھا کیا، کچھ دور چل کر ایک جنگل نظر آیا، کنارے ایک چشمۂ شیریں بہہ رہا تھا، گورخر کا شکار کر کے چشمہ کی جانب متوجہ ہوا، خود پانی پیا اور گھوڑے کو پینے کی اجازت دی۔ پھر جنگل کے اندر داخل ہوا۔ دیکھا تو فاصلے پر ایک گاؤں سا نظر آیا جہاں منگل ہو رہا تھا۔ رستم نے چند اشیائے خوردنی پسند کیں اور کمر سے ایک اشرفی نکال کر دوکان دار کے آگے

ڈال دی۔ اُس نے اٹھا کر وہی اشرفی پھر رستم کے آگے ڈال دی، اسی پر تکرار ہوئی وہ نئے پیسے مانگتا تھا اور یہ پرانے میں اس کا حساب صاف کرنا چاہتا تھا۔ رستم نے پوچھا وہ کیسے؟" تو اس نے بتایا ــــ "اتنے پرانے پیسوں میں اتنے نئے جوڑ دو، اتنے سے ضرب کر دو پھر اتنے سے تقسیم کر کے اس میں اتنے گھٹا دو تو تقریباً اتنے ہی پیسے ہو جائیں گے ــــ" یہ سُن کر رستم نے اپنا سوا تین سو من کا گرز گاؤ سر اُٹھایا اور کہا ــ "او اجل رسیدہ تو ہمیں حساب سکھانے چلا ہے ــــ" قریب تھا کہ اس کا رشتۂ حیات منقطع ہو جائے کہ وہ پیروں پہ گر پڑا، اور بولا۔ "صورت سے طالب علم معلوم ہوتے ہو۔ اگر اس کو نہیں سمجھو گے تو حساب کے امتحان میں فیل ہو جاؤ گے ــــ" یہ سُن کر رستم نے مارنے سے ہاتھ اٹھا لیا اور کہا، "خیر تیری زندگی تھی جو بچ گیا۔ جانتا نہیں کہ میں رستم ہوں اور امتحان دینے نکلا ہوں۔

ــــ یہ سن کو اس نے رستم کا شکریہ ادا کیا اور نئے پیسے کا چارٹ اس کے حوالے کیا۔ چونکہ ابھی دو گھڑی دن باقی تھا اس لیے رستم رخش پر سوار ہوا۔ ابھی چند سو میل چلا ہو گا کہ ایک تیرہ و تار جنگل میں داخل ہوا۔ اس تاریکی میں اس کی کچھ میں نہ آیا کہ وہ آ رہا ہے یا جا رہا ہے۔ مجبوراً اس نے خدا کے بھروسہ اور رخش کے سہارے لگام ڈھیلی کر دی۔ خدا کی قدرت کہ تاریکی دور ہوئی اور ایک سبزہ زار میں جا نکلا، وہاں پہ ایک دریا انگڑائی لے کر بہہ رہا تھا۔ سامنے ہرے بھرے کھیت لہلہا رہے تھے۔ رستم گھوڑے سے اُترا اور مصروف نظارۂ قدرت ہوا۔ چہار اطراف کھیتیاں لہلہا رہی تھیں۔ خوشنما چرند و پرند اپنی اپنی بولیوں میں مست تھے، اتنے میں رستم نے کچھ شور سنا۔ پلٹ کر دیکھا تو رخش چرتے چرتے ایک کھیت

میں داخل ہو گیا تھا اور ایک حور شمائل اس کو ڈانٹ رہی تھی۔ رستم معذرت کے خیال سے آگے بڑھا اور رخش کو روکا۔ ناگاہ جنوب سے اس نازنین کا بھائی برآمد ہوا اور سمجھا کہ اجنبی کی وہ شکایت کر رہی ہے۔ اس نے غصہ میں بھری ہوئی پستول چلادی۔ اتفاق کی بات کہ نشانہ خطا کر گیا اور گولی ایک کتے کے لگی جو فوراً مر گیا — رستم سمجھ گیا کہ اہلِ ہند کے اس حربے کا جواب ممکن نہیں، چنانچہ اس نے بڑھ کر اس آدمی کو اصل ماجرا سنایا۔ اور لاعلمی کا اظہار کیا تب جا کر رستم کو نجات ملی۔ مگر وہ اس خلافِ معمول واقعہ سے اتنا گھبرا گیا تھا کہ اس نے بلا کسی تکلف کے اس سے درخواست کی کہ "میں آپ کا مہمان ہونا چاہتا ہوں"۔ مہمان کا لفظ سن کر اس کا چہرہ فق ہو گیا۔ مگر اس نے اپنے کو سنبھالا اور کہا۔ "مگر شرط یہ ہے کہ دال بھات اور مچھلی کے سوا ہرگز کچھ طلب نہ کرے گا —" رستم نے شرط منظور کی اور اس کے ہمراہ ہوا — اس نوجوان کے بال سفید اور جسم جوان تھا۔ رستم نے اس سے دریافت کیا کہ "تیرے یہ کھچڑی بال جن میں دال کم اور چاول زیادہ ہیں تو نے دھوپ میں سفید کیے ہیں یا چھاؤں میں۔ اس پر وہ ہنسا اور بولا۔ "اس کا سبب نزلہ ہے" — رستم نے پوچھا کہ "کس قسم کا نزلہ؟" اس نے مسکرا کر کہا۔ "بن بلائے مہمانوں کا نزلہ" — اس پر رستم کا خون کھول گیا اور بولا —

"میں رستم ہوں —"

جب اس نے سنا کہ یہ رستم ہیں، اور طالب علم بھی، تب وہ ہنس دیا۔ مگر رستم مصلحتاً خاموش ہو گیا۔ کیونکہ اسے تو یہاں پر جیسے تیسے رات گزارنا تھی صبح سویرے اٹھ کر اس نے غسل کیا۔ اسلحۂ جنگ لگا کر بغل میں بستہ دبایا۔

اور چلنے کے لیے رخش کی زین کسنے لگا، مگر جب اہلِ خانہ نے سنا کہ ان حضرت کو یو، پی جانا ہے تو ان لوگوں کو ایک بار پھر ہنسی آ گئی ـــــ کہ "آپ تو بنگال کی جانب نکل آئے۔ اب آپ کو واپس جانا پڑے گا"۔ رستم کے لیے بالکل نیا تجربہ تھا کہ وہ چلنے کیلئے لوٹ کر جائے۔ ترحمکہ اس نے خدا کا نام لیا اور رخش پر سوار ہوا۔ بڑی دیر تک پہاڑوں اور میدانوں میں گھوڑا دوڑاتا رہا۔ دوپہر کو اس نے دریا کے کنارے کئی گورخر شکار کیے۔ ان کے کباب بنا کر کھائے۔ پانی پیا اور پھر روانہ ہو گیا۔ شام کو ایک بستی میں داخل ہوا اور راہ گیر سے سرائے دریافت کی ـــــ اس نے کہا سرائے تو نہیں، البتہ ہوٹل ہیں۔ آپ مسافر معلوم ہوتے ہیں۔ آئیے میرے مکان پر قیام کیجئے ـــــ رستم راضی ہو گیا۔ اس نے گھر لے جا کر دال بھات پیش کیے اور بولا۔" اگر میرا اندازہ غلط نہیں تو آپ ضرور کسی نہ کسی تھیٹر کے جوکر ہیں۔ اسی لیے میں اپنا دل بہلانے کے لیے لے آیا کہ دو گھڑی کی تفریح ہی سہی۔ ـــــ رستم نے کھانا زہر مار کرتے ہوئے کہا ـــــ "ہم رستم ہیں! رستم! اس کے آگے پیچھے اگر کچھ ہیں تو پہلوان ہیں ـــــ" اس نے کہا ـــــ "میاں کان پکڑ دو ـــــ بھلے گھر کے معلوم ہوتے ہو۔ اپنے کو پہلوان بتلاتے ہو، جانتے نہیں پہلوان یہاں دادا ہوتا ہے جو سنیما میں ٹکٹ کی بلیک کرتا ہے ـــــ" یہاں رستم کو ایک ساحرہ نے کوٹ اور پتلون پہنا کر باقاعدہ اس کی تصویریں اتروالیں ـــــ شام کو یہ اس مقام کی سیر کو نکلا، تو اتفاق کی بات کہ دور سے اسے سہراب آتا دکھائی دیا جو دوسری راہ سے چلا تھا اور راہ بھٹک کر ادھر آ نکلا تھا۔ سہراب کو زہ اپنے ساتھ لے آیا، مگر اس نے جو باپ کے یہ رنگ ڈھنگ دیکھے تو اس نے رات کو ٹوکا ـــــ "ابا جان یہ سب کیا ہے آپ تو پڑھنے آئے تھے اور یہاں آکر فیشن میں پڑ گئے ـــــ اگر

یہی رفتار رہی تو آپ کا پڑھنا ہو چکا ـــــ رستم نے اس سے دل لگا کر پڑھنے کا وعدہ کیا اور پھر سو گیا ـــــ

رات گزری، نور کا تڑکا ہوا ـــــ ہوشیار اسکول کا لڑکا ہوا

صبح کو الارم پر رستم کی آنکھ کھلی، اُٹھ کر ہاتھ منھ دھویا، عبادت کی، پھر پڑھنے بیٹھ گیا۔ بڑی دیر تک سبق یاد کرتا رہا۔ اس کے بعد اُس نے سہراب کو بیدار کیا، چلنے کی تیاری کی، میزبان کا شکریہ ادا کیا۔ سہراب نے اسے ریل پر سفر کے بے شمار فوائد بتائے کیونکہ سہراب کی ہر بات رستم مان لیتا تھا اس لیے وہ ریل پر سفر کرنے کو تیار ہو گیا ـــــ سہراب نے ریل کے ٹکٹ خریدے، رخش کو بُک کرایا اور دونوں لکھنؤ جانے کے لیے سوار ہو گئے ـــــ

دوسری منزل اسکول کا سامنا

لکھنؤ دیکھ کر رستم کی آنکھیں کھل گئیں ـــــ سہراب نے رخش کا لائسنس بنوایا ـــــ اور رستم کو اسکول میں داخل کروایا۔ داخلے کے وقت رستم کو یہ دقت پیش آئی کہ اُسے تصدیق کروانا تھی کہ میں ہی رستم ہوں۔ اس سلسلہ میں سہراب نے اُسے کئی افسروں سے بھی ملوایا، مگر ہر ایک یہی کہتا تھا کہ ـــــ "ہم یہ تو لکھ سکتے ہیں کہ آپ کا نام رستم ہے۔ لیکن یہ نہیں لکھ سکتے کہ آپ ہی رستم ہیں ـــــ سہراب نے مشورہ دیا۔ فی الحال اسی سے کام چلایا جائے، مناسب وقت آنے پر یہ بھی ثابت کر دیا جائے گا کہ رستم کون ہے۔" غرض بڑی دوڑ دھوپ اور دفتری خانہ پُری کے بعد رستم کا اسکول اور ہوسٹل میں داخلہ ہو گیا ـــــ اس کے بعد سہراب اُسے اسکول گھمانے لے گیا اس نے دکھانا شروع کیا۔ "دیکھئے یہ اسکول کی عمارت ہے، یہاں پر اسکول کے مالی رہتے

ہیں۔ وہ اسٹاف کے کوارٹر اور باغ ہیں۔ باغ میں لڑکوں کا جانا منع ہے اس وجہ سے چھپ کر جانا پڑتا ہے، یہ کلاس روم ہے، ادھر کونے والا ہال لائبریری کا ہے۔" غرض گھماتے پھراتے سہراب ایک اونچی سی عمارت کے سامنے آکر رک گیا۔ اور ایک ڈھیلا کھینچ کے بالائی منزل کی کھڑکی پر مارا، یک لخت کھڑکی کھلی اور ایک نہایت برہم اور غضب ناک صورت نمودار ہوئی، چہرہ پر غیض و غضب کے آثار نمودار تھے۔ سہراب نے اس کی طرف اشارہ کرتے ہوئے کہا ــــــ "اور دیکھئے۔ یہ ہیں ہمارے پرنسپل صاحب" ــــــ اور معصومیت سے آگے بڑھ گیا۔ کمرے واپس آکر رستم نے بڑی محنت سے ٹائم ٹیبل نقل کر کے سامنے دیوار پر آویزاں کیا۔ سہراب اسے دیکھ کر بولا۔ بیکار آپ نے محنت کی۔ میرے زمانے میں بھی بالکل یہی تھا۔ میں آپ کو دے دیتا۔ خیر اب اسے ضائع نہ کیجئے گا، جب تک آپ دسویں میں رہیں گے یہ برابر آپ کے کام آتا رہے گا ــــ اس کے بعد رستم نے سلیبس کی جانب توجہ کی۔ اس نے بڑی توجہ کے ساتھ پورے کورس اور کتابوں کا حساب لگایا۔ پھر بولا، سمجھ میں نہیں آتا! اگر روزانہ سو ڈیڑھ سو صفحے سمجھ کر پڑھ ڈالے جائیں، تب بھی خاصا کورس باقی رہ جائے گا جو امتحان بعد پڑھا جا سکتا ہے۔ گر اس کا امتحان نہیں دیا جا سکتا ــــ" سہراب یہ سُن کر ہنسا کہ "ابا کی باتیں ــــــ" ارے یہ تو ہاتھی کے دانت ہیں۔ دکھانے والے، یہاں پڑھائی پر تھوڑی زور دیا جاتا ہے۔ یہاں تو بس امتحان دینا ہوتا ہے، صرف پاس کرنے کے لیے جو وہ نیا دیں وہی رٹ لیجئے اور امتحان میں لکھ آئیے۔ پڑھنے وڑھنے کے پھیر میں پڑیئے گا تو پاس ہونے کے بھی لالے پڑ جائیں گے ــــ رستم بولا ــــ "اسکول ہے کہ وہ کان ــــ" سہراب نے

کہا۔ دوکان نہیں، ہول سیل کی دوکان ہے بس ٹکسال سمجھئے جس میں بجائے سکوں کے ہائی اسکول کے سرٹیفکیٹ سکوں کے لیے نکالے جاتے ہیں۔" رستم کی یہ سمجھ میں نہیں آرہا تھا کہ سب لڑکوں کے لیے ایک ہی نسخہ اور ایک ہی پرچہ ترکیب استعمال، جبکہ کوئی لڑکا بیوقوف ہے تو کوئی ذہین۔ کسی کا رجحان کسی جانب ہے۔ کوئی کھیل میں اچھا ہے پڑھنے میں خراب، کوئی حساب میں کمزور ہے مگر سائنس میں تیز ہے۔ مگر ایک ہی طرح کے کورس سے سب کا بھلا کیسے ہو سکتا ہے۔" مگر سہراب نے پھر سمجھایا کہ اس پھیر میں نہ پڑیئے۔ اس کے لیے ماشاءاللہ اس ملک میں لیڈر کافی موجود ہیں۔ یہاں ہر شخص لیڈر ہے، مگر وہ بھی اس ڈر سے نہیں سوچتے کہ سوچا اور گئی ہاتھ سے لیڈرشپ۔ آپ تو ابھی نئے نئے ہیں، پتہ بھی نہیں چلے گا کہ کدھر سے آئے تھے اور کدھر چلے گئے۔ بس آپ ابھی سے اپنی رٹن دوا شروع کر دیجئے۔

رستم کے لیے بڑی پریشانی یہ تھی کہ وہ پڑھائی کے لیے پرسکون ماحول چاہتا تھا، مگر ایک تو دن رات اسکول ہی میں درجوں کا شور ہوتا رہتا تھا اور گھنٹے بجتے رہتے کیونکہ اسکول چھوٹا تھا اور لڑکے زیادہ تھے۔ اس وجہ سے روزانہ تین شفٹ ہوا کرتی تھیں، اوپر سے مصیبت یہ کہ اسکول ایک گنجان محلے میں واقع ہوا تھا اور سامنے بازار تھا جس کا شوروغل سب سے بڑھ چڑھ کر تھا پہلے پہل جب وہ ہوسٹل کے کمرے میں گیا تو اس نے اعتراض کیا کہ میں یہاں رخش کو کیسے باندھوں۔ اس میں اس کا دم گھٹے گا ——" سہراب نے بتایا" یہاں آپ گھوڑا نہیں باندھ سکتے —— یہاں تو ہم آپ کو باندھا جاتا ہے ——" جب اسے معلوم ہوا کہ ان تنگ و تاریک کمروں میں رہنا پڑتا ہے تو اس کا دل بیٹھ گیا اور اس کو وحشت ہونے لگی۔

گزرفتہ رفتہ سہراب اسے سمجھا بجھا کر راہ راست پر لے آیا اور وہ اس وحشت کا عادی ہو گیا۔ مگر اسے یہ اطمینان تھا کہ اس کا کمرہ کلاس دم سے پھر بھی ہزار درجہ بہتر ہے کہ جہاں بارش میں اتنا پانی بھر جاتا ہے کہ کشتی کی ضرورت پڑتی ہے اور اگر ایک طرف کی چھت نہ ٹوٹی ہوتی تو شاید اس میں دھوپ اور روشنی کی کرن بھی نہ پہونچ سکتی، اور جس میں ایک ایک کرسی پر کئی کئی لڑکے بیٹھتے ہیں۔ پھر بھی جو دیر میں پہونچتا ہے اس بیچارے کو جگہ نہ ملنے کی وجہ سے کھڑا رہنا پڑتا ہے، اس مرغی کے ڈربے سے تو یہ گھوڑے کا تھان ہی بہتر۔ اسے اس خیال ہی سے وحشت ہونے لگی کہ جب یہ بہت اچھا اسکول ہے تو خراب اسکول کیسے ہوتے ہوں گے۔ اسے اسکول کی زندگی دنیا سے بالکل الگ تھلگ سی معلوم ہوتی۔ جیسے یہاں کا باوا آدم دنیا سے نرالا ہے۔

تیسری منزل اُستادوں سے سابقہ

چونکہ ابھی داخلے ہو رہے تھے اس لیے اگر کلاس میں لڑکے آجاتے تو استاد نہ آتے اور استاد آجاتے تو لڑکے چلے جاتے۔ مگر اس کے باوجود رستم گھنٹہ ختم ہوتے ہی بھاگ کر دوسرے درجہ میں زن سے جا کر آگے بیٹھ جاتا۔ اس کی جسامت اور ہیبت سے لڑکے کائی کی طرح پھٹ جاتے اور یہ اطمینان سے بالکل آگے بیٹھ جاتا۔ مگر ماسٹر صاحبان کے رویہ سے وہ بڑا مایوس ہو جاتا۔ وہ تو خوب سبق تیار کر کے جاتا، اور ان کا یہ عالم کہ اکثر ماسٹر صاحب کو یہی نہیں معلوم ہوتا کہ آج پڑھانا کیا ہے۔ اکثر ادھر ادھر کی باتیں بتا کر چلے جاتے، ایک دن سیوکس کے ماسٹر صاحب نے لڑکوں سے جب اصرار کیا کہ وہ خود اور دوسروں سے بھی ایک خاص پارٹی کو ووٹ دیں اور دلوائیں، تو رستم کو بڑا تعجب ہوا کہ یہ عجیب چھپے رستم نکلے، پڑھاتے کچھ ہیں اور کہتے کچھ

ہیں۔ ایک صاحب تو غلط سلط پڑھا جاتے تھے۔ ماسٹر صاحبان پڑھا کر اس طرح چلے جاتے جیسے ریڈیو پر کوئی بھیرویں چھیڑ کر چلا جائے۔ لڑکوں کو کوئی لطف ہی نہیں دیتے۔ لڑکے بھی بیچارے جاتے گھبراتے ـــــ لیکن جب کوئی لڑکا 'جیومیٹری' کے تھیورم رٹ کر نہیں لاتا، تب اس پر بڑی ڈانٹ پڑتی، ایک بار رستم نے کہا میں سمجھ گیا ہوں، تو انھوں نے اسے سزا دی اور کہا سمجھنے کی قطعی ضرورت نہیں ہے، بس آپ رٹ لیجئے ـــــ" اس پر رستم کا دل پڑھنے کی جانب سے کچھ اُچاٹ ہو گیا۔ دوسرے دن وہ جماعت میں جا کر سب پیچھے بیٹھا اور دو ایک لڑکوں کی "پراکسی" بولی۔ ڈیسک کے اندر منھ کر کے دو ایک بار مرغے کی بولی بولی، پھر بڑی دیر تک بلیڈ سے ڈسک پر ستار بجاتا رہا ـــــ ماسٹر صاحب نے اس سے سوال کیا کہ بتاؤ بارہ آنے میں کتنے نئے پیسے ہوں گے؟" رستم نے بہت سوچ کر بڑی دیر تک انگلیوں پر گننے اور حساب لگانے کے بعد کہا ـــ "بغل والے لڑکے سے پوچھ لیجئے وہ جانتا ہے ـــــ" اب رستم نے یہ وطیرہ نکالا کہ جو ماسٹر پڑھاتا اُسے وہ سنجیدگی سے سُنتا، اور جو ماسٹر صاحبان کلاس میں اونگھنے کے بہانے خراٹے لیتے ان کے گھنٹے میں وہ خوب خوب شرارتیں کرتا۔ اس میں پورا درجہ اس کا ساتھ دیتا۔ غرض بڑے مزے سے دن گزرتے۔ مزے بھی ایسے جو زیادہ تر کلاس میں آتے۔

چوتھی منزل
اسکول کے میدان میں

رستم اسکول میں داخل ہوتے ہی لڑکوں میں مقبول ہونا شروع ہو گیا تھا۔ لڑکے اُسے گھیرے رہتے اور وہ مزے لے لے کر رستم کی بہادری کے قصے ان کو سنایا کرتا۔ طلباء نے اس کو یونین کے الکشن میں کھڑا کر دیا، حریف کی ضمانت ضبط ہو گئی اور پٹتے پٹتے بچا۔ ساتھ ہی اس کو 'اسکول جم' کا سکریٹری بھی بنا دیا گیا، غرض ہر طرف رستم ہی رستم

دکھلائی دیتے ـــــ مگر رستم کو دکھ اس بات کا تھا کہ عام لڑکا ان دلچسپیوں سے دور ہی رہتا، کام کوئی بھی نہ کرتا۔ اگر لڑکے کھیل کود میں ذرا بھی حصہ لینے کی کوشش کرتے تو ان کے والدین اور اساتذہ اُن سے بے حد خفا ہوتے کہ اب یہ حضرات کتاب پر سے نظر ہٹا رہے ہیں۔ بس ہو چکے پاس وغیرہ۔ مگر جب کوئی کام ہوتا تو سب لیڈر بن کر سامنے آجاتے اور وہ جوتیوں میں دال بٹتی کہ مجبوراً رستم کو اپنا گرز سیدھا کرنا پڑتا اور سارا ہڑ بونگا مہ یک لخت ختم ہو جاتا۔ ادب اور آرٹ سے دلچسپی تو دور کی بات ہے اگر کوئی کلچرل پروگرام رستم منعقد کرنے کی کوشش کرتا تو اُستاد ڈرتے یہ کیا غضب کر رہے ہیں، کہیں ان لہو و لعب میں پڑ کر لڑکے رٹنا نہ بھول جائیں۔ مگر بس رستم کا گرز تھا کہ باوجود مخالفتوں اور اندیشوں کے لشتم پشتم سب کچھ اندھا دھند چلا رہا تھا۔ چونکہ اس کا اکیلا ہی دم تھا جو ہر چیز میں نظر آتا اس لیے درجہ میں آنا جانا بھی نسبتاً کم ہو گیا۔ اگر گیا بھی تو کسی کو بلانے یا پروگرام بتاتے۔ نتیجہ یہ ہوا کہ اس کی حاضریاں کم ہونے لگیں۔ سہراب نے بارہا سمجھایا بھی کہ درجے میں نہ جائیے تو کم از کم کسی سے پراکسی کے لیے کہہ دیا کیجیے، یا مہینے کے آخر میں جا کر حساب بیباق کر آیا کیجیے۔ مگر رستم نے ان غیر ضروری باتوں پر مطلق دھیان دینا مناسب نہ جانا۔

رستم نے اپنی جم کا سالانہ جلسہ بڑی دھوم دھام سے کروایا۔ جس کی صدارت کے لیے اس نے رستم زماں، رستم ہند حرن سنگھ گاما پہلوان کو بلوایا، خود اپنے کو اول انعام دلانے کے لیے بڑی دوڑ دھوپ کرنا پڑی، کئی بار جج بدلنا پڑے۔ اس موقع پر دو باہر کے پہلوانوں کا چیلنج رستم نے اس شرط پر قبول کر لیا کہ وہ دونوں اس سے ایک ساتھ لڑیں۔ جب وہ دونوں پہلوان اس سے لڑنے کے لیے اکھاڑے میں اترے تو رستم نے تال ٹھونک کر

پہلے ہی راؤنڈ میں دونوں کو اپنے ہاتھ پر بلند کر کے تماشائیوں سے کہا، دیکھئے حضرات! یہ دونوں اپنے آپ کو پہلوان کہتے ہیں۔ اور دوسرے راؤنڈ میں اُس نے ان دونوں کو ہوا میں اُچھال کر تماشائیوں پر پھینک دیا۔ جلسہ گاہ میں بھگدڑ مچ گئی۔

اس جلسے کے بعد تھکن اُتارنے کے خیال سے رستم کو بہت زمانے کے بعد سیر و شکار کی یاد آئی۔ اور وہ اسلحۂ جنگ سے آراستہ ہو کر رخش پر سوار ہوا۔ یہ جنگل کی تلاش میں آبادی سے باہر نکل گیا۔ دور سے اسے ناگاہ ایک جنگل نظر آیا جس میں شکاریوں نے غالباً شکار پھانسنے کے لیے جگہ جگہ جنگلے لگا رکھے تھے۔ رستم نے جاتے ہی شیر کا شکار کیا۔ پھر ایک جھنڈ ہرنوں، چکاروں اور بارہ سنگھوں کا ملا، رستم نے تیر سے کئی ہرن شکار کیے۔ اس کے بعد چشمے پر گیا اور آبی پرندوں کا شکار کیا، غرض رستم شکار میں مصروف تھا، اس نے ہر طرف مار مار کے جانوروں کے کشتوں کے پشتے لگا دیے۔ اس کا خیال تھا کہ غالباً یہ کسی کی پرائیوٹ شکارگاہ ہوگی کہ اچانک اسے کچھ بدنظمی کے آثار نظر آئے۔ بہت سے لوگوں نے اسے گھیر لیا، پولیس بھی آگئی، مگر چونکہ سب نہتے تھے اس لیے رستم نے بجائے ان پر حملہ کرنے کے انھیں سوالات کرنے کی اجازت دے دی۔ یہ اجازت دیکھتے دیکھتے پریس کانفرنس کی صورت اختیار کر گئی۔ اس کے بیانات اور تصاویر لی جانے لگیں، رستم کا کہنا تھا کہ "میں یہاں شکار کی غرض سے آیا تھا۔" اور وہ لوگ کہتے تھے کہ ہم آپ کو گرفتار کریں گے۔ کیونکہ جسے آپ شکارگاہ سمجھ رہے ہیں۔ "عجائب گھر" ہے مگر جب ان لوگوں کو معلوم ہوا کہ رستم ایرانی ہے۔ اور نہ صرف غلطی تسلیم کرنے پر تیار ہے بلکہ معقول معاوضہ بھی اس نقصان کے ادا کرنے کے لیے دے گا تو ان لوگوں نے اس کا پیچھا چھوڑ کر اپنا راستہ لیا اور رستم حیران و پریشان ہاسٹل واپس لوٹ آیا۔

اسی دوران میں لڑکوں نے رستم کو متعدد فلم بھی دکھائے۔ اکثر وہ فلمی گانے

گنگنایا کرتا تھا، ایک دن اس نے اپنے ایک اُستاد سے جن کی وہ بہت زیادہ عزت کیا کرتا تھا، دریافت کیا۔ "لے مری ٹوپی لپٹ کے آ" اور "تیل مالش" کے کیا معنی ہیں؟"۔ مگر جب انھوں نے بتایا کہ اس کے کوئی معنی نہیں ہیں تو اسے بڑا تعجب ہوا کہ اہل ہند ایسے گانے بھی تیار کر لیتے ہیں جو مہمل ہونے کے باوجود قبول عام کی سند پا جائیں۔ اسکول میں جو سالانہ جلسہ ہوا تھا محکمۂ اطلاعات نے اس کی فلم بھی لی تھی۔ اس میں رستم کے کئی پوز تھے، رستم نے اسکول میں نمائش کے بہانے وہ فلم منگالی تھی اور ریہرسل کے بہانے روزانہ ہال بند کر کے وہ اس فلم کو چلاتا تا اُسے دیکھ دیکھ کر اسے خوشی اور حیرت ہوتی کہ بیک وقت وہ تماشا دیکھنے والوں میں بھی ہے اور تماشے میں بھی موجود ہے ـــــ یہاں بیٹھا، وہاں کھڑا ہے۔

پانچویں منزل
بورڈنگ ہاؤس میں

رستم کی کوٹھری جسے سہراب نے کمرہ بتایا تھا اور رستم نے اس کا نام "رستم ہال" رکھ دیا تھا۔ اس "رستم ہال" میں جو بورڈنگ ہاؤس کے بیچوں بیچ میں تھا۔ اس وجہ سے رستم نے خط و کتابت کا پتہ "رستم ہال ـــــ بیدڈم ہاؤس" تجویز کیا۔ اور اس کی زیادہ تر خط و کتابت اسی پتہ پر ہوتی تھی۔ اس ہال میں رستم اور سہراب کے علاوہ تین درویش اور رہتے تھے۔ عموماً جس وقت رستم پڑھنے کی کوشش کرتا، یہ چہار درویش خوب شور کرتے۔ اس شور میں باتیں کرنے اور لڑنے کے پروگرام کے علاوہ ڈھول دھپے کا بھی سلسلہ رہتا، جس میں شرکت کرنے کے لیے آس پاس کی کوٹھریوں کے زائرین بھی کثرت سے آجاتے۔ گویا ایک تو رستم ہال کا شور و غل، پھر پورے ہاسٹل کی چیخ پکار۔ تیسرے دن کوئی نہ کوئی ہنگامہ یا دنگا فساد ضرور ہوتا، جس میں دونوں فریق

عموماً انصاف کے لیے رستم کے پاس آتے اور رستم ہال تھوڑی دیر کے لیے خفیفہ کی عدالت میں تبدیل ہو جاتا۔ یوں بھی کوئی کسی کی ذرا کم ہی پرواہ کرتا۔ یہاں کا سب سے بڑا قانون یہ تھا کہ یہاں کوئی قانون نہیں تھا، نگراں حضرات کو سیاست لڑانے سے فرصت نہ ملتی۔ لڑکے بھی زیادہ نہ ڈرتے، کیونکہ اگر ایک پارٹی ان کو سزا دیتی تو دوسری پارٹی ان سزاؤں کو معاف کر دیتی، لڑکے بھی سمجھتے کہ سزا کون دے گا اور کس کو دے گا۔ اگر سزا دی بھی گئی تو معاف تو کر دیے جائیں گے۔ اس لیے سب من مانی کرتے۔ ہوسٹل شہر کے سب سے گنجان محلے میں واقع تھا مگر کالج سے اتنی دور کہ گھنٹہ بھی نہ سنائی دیتا۔ عموماً گھنٹوں کا یہ حساب رہتا کہ جب لڑکے پہونچ جاتے تب ہی گھنٹہ شروع ہو جاتا۔ اکثر شروع ہی نہ ہوپاتا کیونکہ ماسٹر صاحب نہ آتے۔ اور لڑکے ذرا بھی موقع پاتے تو بازار کی سیر و تفریح کے لیے نکل جاتے۔ سنیما کی گھنٹی تو بستر پر لیٹے لیٹے سنی اور سنیما کا پروگرام بنایا جا سکتا، مگر اسکول کا گھنٹہ بھاٹک پر سے بھی نہ سنا جا سکتا تھا ____ عموماً لڑکے راستے ہی میں چائے خانوں میں گپ شپ کے لیے رک جاتے، اور اسکول تک اسکول ختم ہوتے ہوتے تک اکثر پہونچ بھی جاتے۔ غرض اسکول سے انجمن ہوتی اور بورڈنگ بالکل قید خانہ معلوم ہوتا۔ بورڈنگ اَبر گنڈ لینڈ واقع ہوا تھا کہ روک ٹوک ممکن ہی نہ تھی، جس کا جس طرف سے جی چاہے آ جائے اور جس طرف سے چاہے چلا جائے۔ یوں تو لڑکے جمع رہتے اور گپ شپ کا بازار گرم رہتا۔ ہر شخص باہر گیا نظر آتا۔ لیکن اگر کوئی علمی، ادبی، تعزیتی نشست ہوتی تو سر منگانے کو بھی لڑکا نہ ملتا اور ایک آدھ بار انتظام رستم کے ہاتھ میں ہوا تو رستم نے لڑکوں کو روکنے کے لیے چائے کا انتظام کیا۔ مگر لڑکے چائے پی کر چل دیئے۔

آئندہ رستم نے بعد میں جاری رکھی۔ جیسے ہی جلسہ ختم ہوا سب لڑکے آ گئے۔ بورڈنگ میں کھانا اتنا اچھا ملتا تھا کہ جسے صرف دیکھ کر ہی بھوک بھاگ جاتی تھی۔ اگر پھر بھی کچھ بھوک رہ جاتی تو وہ دو ایک نوالے کھانے کے بعد غائب ہو جاتی اور بے اختیار گھر یاد آنے لگتا۔

چھٹی منزل
کلاس میں مقابلہ

رستم کی شجاعت کا اندازہ اسی سے لگایا جا سکتا ہے کہ وہ کلاس میں داخل ہوتے ہی اپنی سب پہلوانی بھول جاتا اور نصابی مسائل میں الجھ کر رہ جاتا۔ کلاس میں پڑھائی کا جو معقول طریقہ بنایا جاتا تھا اس سے رستم کا جی الجھتا تھا، کورس کی بیشتر کتابیں مہمل تھیں جن کو بڑی محنت سے اور مہمل طریقہ سے پڑھایا جاتا تھا، رٹنے پر باقاعدہ زور دیا جاتا کہ اسے الجھن ہوتی، گویا وہ اپنا وقت ضائع کر رہا ہے۔ کتابیں سے ہٹ کر بات کی اور استاد نے خبر لی۔ خیر رستم کو تو صرف امتحان ہی دینا تھا مگر اور لڑکے پریشان رہتے تھے کہ اچھا امتحان بھی دے لیا اور پاس بھی ہو گئے۔ "پھر کیا ہوگا؟" رستم نے اکثر کو سمجھایا بھی کہ "آخر ایسی بھی کیا پریشانی ہے۔ نوکری نہ ملے، کوئی پرواہ نہیں۔ میرے ساتھ سیستان چلو میں تم کو اپنی فوج میں بھرتی کر لوں گا ——" مگر لڑکے یہ سُن کر اور بھی اُداس ہو جاتے کہ اس طرح وطن چھوٹ جائے گا۔ لڑکوں میں کلاس میں نہ ایکا تھا نہ ساتھ کا ندھے سے کاندھا ملا کر چلنے کی خواہش، بلکہ مقابلہ کی خواہش زیادہ شدید رہتی۔ سب قیدیوں کی طرح چھٹی کا اس طرح انتظار کرتے گویا اب جیل خانے سے نجات ملنے والی ہے۔ رستم نے طے کر لیا تھا کہ امتحان کے بعد لوٹ کر بھی اسکول کی طرف نہ دیکھے گا —— خیر دو ایک استاد تو کافی معقول نکلے، انھوں نے

امتحان سے کچھ قبل کمرہ بند کر کے سوالات لکھوا دیئے اور اُن کے جوابات بھی کہ تیار کر دو، یہی امتحان میں آ رہا ہے۔ اور دو ایک نے معذوری ظاہر کی، مگر وعدہ کیا کہ فکر نہ کرو۔ پرچہ نہ سہی کاپی تو ہمارے پاس آئے گی۔ ہم پڑھا نہیں سکے تو تم پڑھ نہیں سکے تو کیا ہوتا ہے۔ پاس تو سب کو کر ہی دیں گے۔ مگر پھر بھی رستم کو اندازہ ہوا کہ امتحان کے موقع پر نہ عقل کام آتی ہے نہ پہلوانی۔ بلکہ حافظہ کی بہت سخت ضرورت ہوتی ہے ___ اچھا طالب علم کلاس میں وہی مانا جاتا ہے جو مکمل طوطا ہو۔ غرض امتحان کی ٹیکنیک سمجھنے کے بعد ہی رستم نے کلاس کو خدا حافظ کہا۔ اور حاضریوں کی پرواہ نہ کرتے ہوئے عقل و پہلوانی کو طاق پر رکھ کر بتائی ہوئی چیزوں کی رٹائی میں مصروف ہو گیا۔

ساتویں منزل
امتحان کے میدان میں

چونکہ رستم کی حاضریاں کم ہو گئی تھیں اس لیے وہ امتحان دینے سے روک دیا گیا۔ اس پر رستم بے حد پریشان ہوا۔ مگر سہراب نے کہا۔ "ابا جان اس میں گھبرانے کی کون سی بات ہے ___ حاضری کم ہونا تو فطری عمل ہے حاضریاں تو ٹھیک ہو سکتی ہیں۔ مگر اس کے لیے دو چیزوں کی ضرورت ہے۔" رستم نے پوچھا۔ "وہ کیا؟" اس نے کہا ___ "ایک تو تھوڑے سے مکھن کی ضرورت ہے۔ اور دوسرے پوّے کی۔" رستم نے کہا "کچھ پرواہ نہیں۔ تم فوراً دونوں چیزیں بازار سے لے آؤ۔" سہراب بولا۔ "یہ چیزیں بازار میں نہیں مل سکتیں۔" رستم نے پوچھا۔ "پھر یہ کیا چیز ہوتی ہے جو ضروری بھی ہے اور بازار میں بھی نہیں ملتی۔" سہراب نے کہا۔ "ابا جان اس کے جاننے کی کوشش نہ کیجیے ورنہ مصیبت ہو جائے گی۔ امتحان بہر طرف آپ کے

پکڑ کر منسٹر بنا دیا جائے گا۔" رستم نے کہا: "ہم کیا کریں گے منسٹر ہو کر، ہمارے خود بہت سے منسٹر ہیں۔" سہراب نے کہا ــــ "اچھا آپ یہ کیجئے کہ جا کر ہیڈ ماسٹر صاحب اور دوسرے ماسٹر صاحبان کو صرف سلام کر آئیے اور یہ ظاہر کیجئے گا کہ میں آپ سے ملنے کا عرصہ سے مشتاق تھا۔ اور ذرا ٹھنڈا پانی چڑھا کر اور یہ اطمینان دلائیے گا۔ جب تک میں یہاں کے حلقۂ ارباب حل و عقد پر یہاں کے حکام و ذمہ دار جن سے میرے تعلقات ہیں اثر ڈال کر فون کرتا ہوں۔" رستم کی سمجھ میں آگیا۔ غرض دن بھر کی دوڑ دھوپ کے بعد امتحان میں بیٹھنے کی اجازت مل گئی۔ گو کہ رستم نے بنی بنائی بات بگاڑ دی تھی۔ اس نے ہیڈ ماسٹر صاحب سے جا کر کہا: "میں آپ کے مکھن لگانے آیا ہوں۔ یہ کہہ کر جیب سے مکھن کا ڈبہ اور چھری نکالی۔ اور ان سے کہا کہ آپ پانی پی لیجئے تو میں آپ کو قدرے اونچا اٹھا کر آپ کی بے حد تعریف کروں گا ــــ اتنی کہ آپ مجھے امتحان میں بیٹھنے کی اجازت دے دیں گے ــــ یہ سن کر ہیڈ ماسٹر صاحب سمجھے کہ رستم کا دماغ کچھ چل گیا ہے۔ اور وہ اسے کچھ سمجھانے بجھانے لگے۔ اور نرم گرم پڑ کر اس کا ردعمل رستم پر دیکھ ہی رہے تھے کہ انسپکٹر صاحب کا فون آگیا۔ حکم ہوا کہ اور رستم کو امتحان میں داخلے کا فارم مل گیا اور وہ اپنے رستم ہال واپس چل دیا ــــ کیونکہ ابھی دو دن باقی تھے اس لیے اس نے کمرہ بند کر کے دن رات پڑھنا شروع کر دیا۔ پڑھائی سے پہلے اس نے ایک نجومی کو پھر ہاتھ دکھایا۔ نجومی نے اسے بتایا کہ "پاس تو ہو جاؤ گے مگر امتحان سے پہلے اور امتحان کے بعد بڑی محنت اور دوڑ دھوپ کرنا پڑے گی۔

امتحان سے ایک دن پہلے وہ سہراب کو ساتھ لے کر اپنی سیٹ تلاش کرنے گیا۔ مگر چونکہ وہ نگراں کی میز کے بالکل سامنے تھی اس لیے رستم نے اسے ہٹانا چاہا۔

مگر وہ زمین میں جڑی ہوئی تھی۔ اس لیے دونوں باپ بیٹوں نے اسے پکڑ کر جو جنبش دی تو میز زمین نے چھوڑ دی۔ اسے سب سے کونے میں پیچھے رکھا گیا۔ جگہ نہایت مناسب تجویز کی گئی۔ اور کونے والی میز کو نگراں کی میز کے سامنے رکھ کر فرش برابر کر دیا۔ رستم نے اپنی میز کو اطمینان سے دیکھا اور سہراب نے کہا۔ "ٹھیک ہے ابا جان۔ یہاں سے آپ کو نقل میں آسانی رہے گی۔" شب میں پڑھنے سے قبل رستم نے عبادت کی اور گڑگڑا کر اپنے پالنے والے کے حضور میں رو دیا کہ "میں نے اے پالنہار بڑے بڑے میدان سر کیے۔ اب مجھے امتحان کے میدان میں بھی فتح نصیب کر۔" اس کے بعد اس نے سیمرغ کو یاد کیا۔ فوراً اسے خواب آیا۔ دیکھا کہ ہاتھی سے بزرگ تر سیمرغ اس کے پاس آئے ہیں۔ رستم نے صاحب سلامت کرنے کے بعد پوچھا ـــــ "بتلایئے امتحان میں کیا آ رہا ہے؟" انھوں نے کہا ـــــ "پریشان ہونے کی کیا بات ہے۔ جب میں تمھاری ہر مصیبت میں کام آیا تو اس میں بھی کچھ نہ کچھ کروں گا ـــــ" رستم بولا۔ ـــــ "ارے کچھ نہ کیجیے تو کم از کم 'گیس' ہی کر دیجیے۔ کہ کون کون سے سوالات امتحان میں آ سکتے ہیں۔ ـــــ" سیمرغ نے کہا ـــــ "ایک تو ہیڈ ماسٹر صاحب کے بھتیجے کے جو گیس پیپر چھپے ہیں ان میں جو سوال پار سال آ چکے ہیں ان کو چھوڑ کر باقی کو چھوٹی چھوٹی پرچیوں پر نقل کر لو۔ دوسرے جو سوالات ماسٹر صاحب نے ظاہر کر دیے ہیں۔ ان کے جوابات لکھ لو۔" رستم نے کہا۔ "مجھے ہندوستان کا نقشہ بنانا نہیں آتا۔" سیمرغ نے ترکیب بتائی۔ "ہندوستان کا بنا بنایا خاکہ لے کر اس کے ہر خط پر کوئلے سے موٹی موٹی لکیر بنا دو جیسے ہی امتحان میں کاپی ملے۔ ڈسک میں سے خاکہ نکال کر کاپی میں رکھ کر کاپی کو ہاتھ سے دباؤ۔ کوئلے کا نقش ابھر آئے گا۔ پھر خاکہ کو گول بنا کر

سوائے نگراں کے سمت کے کسی بھی جانب احتیاط سے لڑھکا دو ــــ اور کوئلے کے نقش پر سیاہ روشنائی پھیر کر ٹھیک کر لو۔ اور اپنے گرز کو نیچے سے کھول کر اس میں جملہ سامانِ نقل، پرچیاں، خلاصے، کتابیں۔ کلاس نوٹس۔ سالوڈ پیپرز وغیرہ رکھ کر گرز بند کر لو اور احتیاطاً گرز کو ساتھ رکھ لو تاکہ کام آئے۔" رستم نے کہا۔ "محترم بزرگ اگر پرچہ بالکل جنرل آجائے تو؟" سیمرغ نے کہا ــــ "تو یہ کرو کہ احتیاطاً سہراب باہر موجود رہے۔ جب کسی جواب کی ضرورت ہو، تم باہر لیٹرین رفاہ حاجت کے لیے آجانا، سہراب وہاں موجود رہے گا ــــ" اتنا بتا کر بزرگ سیمرغ غائب ہو گئے۔ رستم نے سہراب کے ساتھ رات بھر نقل کے لیے پرچیاں تیار کیں، ان کو گرز کے اندر سلسلہ وار رکھا۔ احتیاطاً کچھ کتابیں اور کاپیاں بھی رکھ لیں۔ اور سہراب کو نقل کی تیکنک سے آگاہ کیا۔ وہ بولا ــــ "اس میں ابا جان کون سی انوکھی بات ہے۔ میں نے کون سے پاپڑ بیلے تھے۔ پڑھنے کون آتا ہے، سب یہی کرتے ہیں۔ تین گھنٹے میں قابلیت کا امتحان تھوڑی ہو سکتا ہے، ــــ کسی کے منہ پر تھوڑی لکھا ہوتا ہے کہ اس نے سال بھر پڑھا لکھا ہے یا نہیں، ممتحن کو تو سوالات کے جوابات صحیح ملنا چاہئیں ــــ" غرض سہراب کے اطمینان دلانے پر رستم مطمئن ہو گیا۔ یہ رات ان دونوں نے چائے پی پی کر پرچیاں بنانے میں گزاری۔ صبح رستم نے اٹھ کر غسل کیا، عبادت کی۔ پھر رخش پر سوار ہو کر امتحان دینے چل دیا۔ راستہ میں جتنے فقیر ملے ان میں رستم نے خلافِ توقع پرانے پیسے مفت تقسیم کیے۔ ایک بزرگ کے مزار پر پاس ہونے کی دعا مانگی۔ ایک مسجد کی دیوار چوم لی۔ ایک مندر کے سامنے جھک کر سلام کیا۔ جب گرجا پڑا تو وہ تعظیماً اتر پڑا ــــ

غرض رستم اپنے اسکول پہونچا ——— چونکہ کئی اور اسکولوں کے لڑکے بھی یہاں امتحان دینے آئے تھے اس لیے بڑی بھیڑ بھاڑ اور رونق تھی۔ اپنے اسکول کے لیے تو اب وہ ایک عام چیز ہو چکا تھا۔ مگر دوسرے اسکول والوں کے لیے ایک معمہ ہو گیا۔ ——— دیکھتے دیکھتے بھیڑ لگ گئی، لڑکوں نے اس کے دستخط حاصل کرنے کے لیے نوٹ اور آٹو گراف بک پیش کیں ——— دو ایک نے رستم کے ساتھ اپنی تصویریں بھی کھینچی۔ رستم نے ایک آٹو گراف بک پر لکھا۔ "تندرستی ہزار نعمت ہے۔" مگر فوراً ہی وہ یہ سب چھوڑ چھاڑ کر اپنے درجہ میں داخل ہو گیا۔ کیونکہ نقل کی تیاریوں کے سبب وہ تنہائی چاہتا تھا۔ پہلا پرچہ اچھا ہوا، سب سوالوں کے جواب رستم کے گرز نے دیئے، اسے یہ بھی تجربہ ہوا کہ رٹائی، نقل اور پوچھ گچھ کے علاوہ قیاس آرائی بھی بڑے نمبر دلوا سکتی ہے۔ دوسرے دن ہندی کا پرچہ تھا، جس میں گرز بھی زیادہ کام نہ آیا۔ تیسرے دن دو سوالوں کے جواب تو رستم کے گرز نے دیئے اور دو سہراب نے حل کر دیئے۔ ایک سوال بالکل جنرل آیا۔ "اگر بس والے سے آپ تین آنے کے دو ٹکٹ خریدیں اور اسے چونی دیں تو وہ آپ کو تین ہی پیسے واپس کرے گا۔ بتائیے ایک پیسہ کون لے گیا؟" رستم نے جواب میں لکھا۔ "ایک پیسہ کوئی بھی لے جاتا ہو۔ مگر ہم نہیں لے جاتے، نہ ارادہ رکھتے ہیں۔" اس دن کا پرچہ اتنا اچھا ہو گیا کہ رستم نے سوچا، باقی پرچے بھی اتنے ہی اچھے ہو جائیں تو میں فرسٹ آ جاؤں گا۔

چوتھے دن رستم کو پرچہ ترتیب دیتے وقت نیند آنے لگی۔ اس کا سبب اس کی امتحان میں جنگی پیمانے پر مصروفیت تھی۔ ان ہنگامی حالات میں سونے کا موقع ہی نہ ملتا تھا۔ اس دن ایک نوجوان نگراں بڑی مستعدی سے گشت کر رہا تھا۔ اب تک ایک پنڈت جی

آتے تھے جو اخبار منہ پر رکھ کر خراٹوں کی مشق کرتے تھے۔ مگر آج ان کی جگہ جو حضرت آئے تھے۔ انھوں نے رستم کو نقل کرتے پکڑ لیا اور گرز کے اندر سے کتابیں، کاپیاں، پرچیاں، سب کچھ برآمد کرلیں۔ مگر شرافت اتنی برتی کہ کاپی لے لی اور ان کو کلاس سے نکال دیا۔ وقت کی بات تھی کہ رستم سب کچھ برداشت کرگیا۔ اس پر بھی جو کچھ اس نے نقل کرلیا تھا وہ پاس ہونے کے لیے ناکافی تھا۔ سہراب نے کوشش کرکے خطا معاف کروادی۔ اتفاق سے دوسرے دن اس کی جگہ دوسرے نگراں آئے۔ فارسی کا پرچہ تھا۔ جس میں نقل بھی کی جاتی تو آخر کیا۔ رستم پرچیاں احتیاطاً ڈھال میں چھپاکر لایا تھا اور نسبتاً زیادہ محتاط تھا۔ "جنگ رستم و اسفندیار بیان کرد"۔ اس سوال سے رستم بے حد خوش ہوا۔ اس نے صرف دو گھنٹے اس سوال پر لگا دیئے ——— دوسرا سوال تھا۔ "رستم کے خاندانی حالات بیان کرو"۔ جنگِ رستم و سہراب پر ایک نوٹ لکھو؟"۔ اس سوال پر رستم بیحد برہم ہوا کہ میری پرائیوٹ زندگی کے بارے میں کیوں سوال کیا گیا۔ دوسرے اگر سہراب سے وہ اس کا جواب طلب کرتا تو تعلقات اور امتحان دونوں پر اس کا برا اثر پڑتا ——— اس نے اس کا بڑا منہ توڑ جواب لکھا۔ تیسرا سوال تھا۔ "رستم کی موت کے اسباب پر روشنی ڈالو ———" اس پر وہ آپے سے باہر ہوگیا۔ یہ بھی ستم ہے کہ مجھ سے میری موت کے بارے میں جواب طلب کیا جارہا ہے۔ غرض پورے تین گھنٹے تک اس نے کاپی میں ان سوالات کے خلاف جنگ کی۔ بڑی پریشانی یہ بھی کہ جو کچھ فارسی پوچھی گئی تھی وہ اس نے کبھی خواب میں ایران میں بھی نہ بولی تھی اور نہ سنی تھی۔ سہراب بگڑ اٹھی کہ آپ کو صحیح جھوٹ سے کیا مطلب؟ کتابوں میں لکھا ہے یا پرچیوں میں وہی آپ کو لکھنا چاہیے۔ پانچویں

دن اردو ادب کا پرچہ تھا۔ رستم نقل کے ہتھیاروں سے پوری طرح لیس ہو کر پہونچا۔ ایک سوال تھا۔ "اردو کی کہانی کس نے لکھی ہے؟" رستم نے بہت غور کیا، جب مسے یقین ہو گیا تو اس نے لکھا۔ "مجھے اچھی طرح یاد ہے کہ اردو کی کہانی میں نے ہی لکھی ہے!" پھر تھا۔ "اس کے بارے میں اپنے خیالات کا اظہار کرو"؟ اس نے لکھا۔ "میں اپنے خیالات کا اظہار اگلے سوالوں میں کروں گا۔ ملاحظہ ہوں اگلے جوابات"۔ ایک سوال تھا۔ "تنقید کیا ہے؟۔ ادب کیا ہے؟"۔ اس سوال کا جواب بڑے جی جان سے دیا اور اس کی ڈھال اس موقع پر آڑے آئی ـــــ ایک سوال تھا۔ "موازنۂ انیس و دبیر کرو" رستم نے لکھا۔ "یہ بھی کوئی پوچھنے کی بات ہے اس کو تو سن تیلی کے ذریعہ بھی طے کیا جا سکتا ہے۔ پھر بلا ممتحن حضرات کے رجحانات معلوم کیے کیسے کچھ عرض کیا جا سکتا ہے؟ ویسے مجھے آپ کی رائے سے قطعی اتفاق ہو گا۔ بشرطیکہ نمبر دینے میں بخل سے کام نہ لیا جائے ورنہ میری رائے محفوظ سمجھی جائے ـــــ"

امتحان ختم ہوتے ہی سہراب نے کہا۔ اب دوڑ دھوپ کے لیے تیار ہو جائیے میں نے پتہ لگا لیا ہے کہ کون کاپی کس کے پاس گئی ہے۔ مختلف شہروں کی خاک چھاننے کے بعد معلوم ہوا کہ صرف فارسی اور ہندی میں گڑبڑ ہے۔ باقی سب خیریت۔ رستم نے جو کچھ سال بھر پڑھا تھا اس دوڑ دھوپ میں وہ بھی بھول گیا۔ سہراب مطمئن تھا کہ گھبرانے کی ضرورت نہیں۔ ایک ہی کاپی پر کم اور زیادہ نمبر مل سکتے ہیں۔ یہ جانچنے والے کے موڈ پر ہے۔ ہندی کے سلسلے میں بریلی جانا پڑا اور بات بن گئی۔ اور فارسی کے لیے آگرہ روانہ ہوئے۔ جب ممتحن کو معلوم ہوا کہ یہ رستم ہیں۔ اور فر فر فارسی بولتے ہیں تو اس نے ان کو پاس کر دیا۔ مگر اسے بے حد تعجب ہوا کہ رٹنے والے پاس اور جاننے والا فیل ـــــ وہ انھیں تاج محل

دکھانے لے گئے ـــــ جہاں اس کی آمد کے سلسلہ میں شہریوں نے ایک سپاس نامہ پیش کیا۔ اور اس سے درخواست کی گئی کہ "جنگ نہ ہونے پائے" کے محضر پر دستخط کر دے۔ بڑی مشکل سے رستم کی سمجھ میں آیا کہ جنگ بُری چیز ہے۔ رستم نے دستخط کر کے نوٹ لکھ دیا کہ "تیر کمان اور گرز کی لڑائی بہادری کی لڑائی ہے" ـــــ ٹینکوں اور راکٹوں کی لڑائی نہ ہونی چاہیے۔ یہ سراسر حماقت۔ بزدلی اور انسانیت سوز ہے۔"

ـــــ اسی دن سہراب نے اپنے اور رستم کے لیے چاند تک جانے والے پہلے جہاز میں روسی فرم کی معرفت دو سیٹیں ریزرو کرا دیں تاکہ گرمیوں کی چھٹیاں عیش و آرام سے گزر جائیں ـــــ جب یہ دونوں گھومتے گھامتے سیر و شکار کرتے ایران کی سرحد پر پہونچے تو شاہ کیکاؤس کے علاوہ افراسیاب کا بھی مبارکباد کا تار اُن کے پاس پہونچا۔ خوشی پر خاص طور سے افراسیاب نے لکھا تھا کہ میں نے ایران کے ساتھ تریخ شیل "منظور کر لیا ہے" دوسرے دن تین تار اور ملے۔ یوری گگارین فاتح خلاء، تنزنگ پا تین سنگھ فاتح ایورسٹ اور ہیلری، فاتح قطب جنوبی کی جانب سے۔ "رستم فاتح امتحان" کو ان لوگوں نے اس کو دُنیا کی چوتھی سب سے بڑی فتح تسلیم کرتے ہوئے مبارکباد پیش کی تھی۔ تار پڑھ کر رستم نے ایک شعر پڑھا ؂

چاند کو چھونے کا قصہ، بھول ہی جانے کی بات

ہر سہانی آرزو اب تک ہے دیوانے کی بات

اسے سُن کر سہراب بولا۔ "معاف کیجیے گا ابا جان۔ اس موقع پر اس شعر کا کوئی تک نہیں تھا۔ آپ ہمیشہ اچھا خاصہ شعر بے موقع پڑھ کر شعر اور کہنے والے دونوں کا خون کر دیتے ہیں ـــــ"

غرض رستم سیستان واپس پہونچا۔ شاہ کیکاؤس، زال اور دیگر عہدہ داران فوج کے ساتھ استقبال کے لیے آیا۔ بڑی دھوم دھام سے جشن فتح منایا گیا۔ رستم نے اپنی پوری گرمیوں کی چھٹیاں سہراب کے ساتھ افراسیاب کی شکارگاہ میں سیر و شکار میں گزار دیں۔——

غدر سن اُنیس سو ستاون کے اسباب

(ایک مورّخ کے قلم سے ۔ ۲ رمئی ۱۹۹۵ء)

غدر کے اسباب

غدر کی اطلاع سب کو پہلے سے تھی، نجومیوں نے پیشنگوئی اور لیڈروں نے تقریروں کے ذریعہ پہلے سے آگاہ کر دیا تھا حکومت کی جانب سے محکمۂ حفظ ماتقدم نے سروے ڈیپارٹمنٹ کی خدمات حاصل کر کے غدر کے طول و عرض کی پیمائش کا بھی انتظام کر لیا تھا۔ عام بے چینی لوگوں میں پہلے سے تھی اور کسی خاص بے چینی کا انتظار تھا۔ یوں چھوٹے چھوٹے غدر پہلے بھی ہو چکے تھے۔ مگر مورخ کی حیثیت سے ہم زیادہ سے زیادہ ایسٹ انڈیا کمپنی کے زیر اہتمام منعقد کردہ غدر کے بعد ۱۸۵۷ء کے غدر کا نام لے سکتے ہیں۔ مگر چونکہ یہ غدر آپس میں کچھ تقسیم ہو کر رہ گیا تھا اس وجہ سے اس کی پوری تصویر ہمارے سامنے نہیں آنے پائی۔ بس ہم اس کو زیادہ سے زیادہ غدر بھونت کہہ سکتے ہیں۔

حکومت نے بطور حفظ ماتقدم بر وقت ڈگیاں پٹوائیں، اپلیں کیں، لوگوں سے کہلوایا ـــــ "جو غدر کا نام لے گا اس کو غدار قرار دیا جائے گا ـــــ" مگر لوگ ان سب باتوں سے متاثر نہ ہو سکے۔ ایوانِ حکومت نے حزبِ مخالف کی مخالفت کے باوجود یہ بل پاس کر دیا کہ ـــــ سن ستاون کے بجائے سن چھپن الف اور سن چھپن ب کر دیا جائے تاکہ نہ سن ستاون آئے اور نہ غدر ہو ـــــ" مگر مخالف جماعت نے اچانک انڈر گراؤنڈ ہو کر سن ستاون کے کیلنڈر چھپوا کر سارے ملک کے طول و عرض میں تقسیم کرا دیے۔ لوگ پیشتر ہی سے بارود کی طرح پھٹنے کو تیار بیٹھے تھے، اول تو لوگ ملک آزاد کر دینے پر کیا کم خفا تھے، پھر ملک غلط طریقے پر آزاد کیا گیا تھا، خواہ مخواہ ریاستیں اور زمینداریاں ضبط کر لی گئی تھیں۔ اگر ملک آزاد ہی کروانا تھا تو اتنی سی بات کے لیے انگریزوں سے ملک چھڑوانے کی کیا ضرورت تھی۔ پھر تقسیم بھی غلط ہوئی تھی۔ اس سلسلے میں کافی بخل سے کام لیا گیا تھا ـــــ

آزاد ہندوستان کے پہلے انگریز گورنر جنرل لارڈ ماؤنٹ بیٹن نے ہندوستان سے رخصت ہوتے وقت جو پریس کانفرنس کی تھی اس میں پریس کے چند غیر ذمے دار نمائندوں نے جو سوالات کیے تھے ان سے عوام میں کافی برہمی اور انتشار کے آثار نمایاں ہو چلے تھے ـــــ قارئین کی دلچسپی کے لیے ہم اس کے کچھ اقتباس پیش کرتے ہیں ـــــ

"لارڈ صاحب۔ آپ تو جا ہی رہے ہیں، اب تو بتا دیجیے کہ غدر کس نے کروایا تھا ـــــ؟"

لارڈ صاحب نے سٹپٹا کر جواب دیا ـــــ "ہم نے غدر نہیں کرایا تھا ـــــ"

"آپ نے باغیوں کو گولی سے کیوں اڑوایا تھا ۔۔۔؟"

"باغیوں کو خود باغیوں نے مارا تھا یا گولیوں نے ۔ یہ باغیوں اور گولیوں کا معاملہ ہے ، ہم اس پر کوئی رائے نہیں دے سکتے ۔۔۔"

"مگر آپ لوگوں نے جو قتل عام کروائے تھے ۔۔۔؟"

"مثلاً ۔۔۔"

"غدر ۔۔۔ جلیانوالہ باغ اور سن بیالیس وغیرہ ۔۔۔"

"وہ تو برائے تنبیہہ چھوٹے چھوٹے اور ہلکے پھلکے لاٹھی چارج کروائے گئے تھے ۔"

"اب دوبارہ آپ غدر کب کروا رہے ہیں ۔۔۔؟"

"نہیں اب کے آپ کو کروانا پڑے گا ۔۔۔"

"آپ دوبارہ واپس کب آرہے ہیں ۔۔۔؟" کسی نالائق نے سوال کیا ۔ اور لارڈ صاحب کا موڈ خراب ہوگیا ، انھوں نے اپنے ڈرائیور سے کہا ۔۔۔ "ہماری گاڑی آگے بڑھائی جائے ۔۔۔" (اقتباس دلی کرانکل)

اسباب

بہت دنوں سے غدر نہیں ہوا تھا ۔ لوگ خواہش مند تھے کہ اب غدر ہونا چاہیے ۔ اسی وجہ سے وہ سن ستاون کا سنہری موقع ہاتھ سے نہیں جانے دینا چاہتے تھے ۔ ملک میں ایک باقاعدہ غدر کی کمی شدت سے محسوس کی جا رہی تھی ۔ لوگوں کے منہ سنہ ۵۷ء کا خون لگ چکا تھا ۔ بہت دنوں سے عوام کے طبع فساد کی حسرتوں کا خون ہو رہا تھا ۔ ساری ایٹمک انرجی بڑے بڑے تعمیری منصوبوں پر فضول ضائع کی جا رہی تھی ۔ دنیا کے ہر ملک نے اپنی اپنی فوجوں کو زراعتی دستوں میں تبدیل کر دیا تھا خصوصاً روس ، انگلستان ، چین ، امریکا اور ہندوستان میں بڑی بڑی آرڈی ننس فیکٹریاں

اور بم سازی کے کارخانوں کو صنعتی و زراعتی دستوں میں تبدیل کر دیا گیا تھا۔ ہر چیز کی ارزانی نا قدری کی حد تک بڑھ چکی تھی۔ بموں اور مہلک ہتھیاروں، ٹینکوں کی جگہ ٹریکٹر ڈھالے جا رہے تھے۔ جبکہ عوام چاہتے تھے کہ مزید ہیروشیما و ناگاساکی بنائے جائیں۔ ایٹم بم، ہائیڈروجن بم اور جراثیمی بم امن کمیٹیوں کی نگرانی میں سمندر کے سینوں میں برابر دفن کیے جا رہے تھے۔ عوام اس ملکی و قومی نقصان پر بہت برافروختہ تھے۔ وہ خفا تھے کہ حکومت منصوبے کیوں بناتی ہے۔ آخر صوبے کیوں نہیں بناتی۔ صوبوں کی از سر نو تشکیل و علاقائی زبانوں پر غلبہ نہ ہونے دینے کا الزام حکومت عوام اور عوام حکومت کے سر تھوپنا چاہتے تھے ــــ

انڈیا آفس لائبریری لندن، اور کولمبیا کمپنی کے ہز ماسٹرز وائس ریکارڈ سے پتہ چلتا ہے کہ "اگر سبجیکٹ گرانی کے گرانی الاؤنس برقرار رکھا جاتا۔ تو یہ نوبت نہ آنے پاتی ــــ" اگر ملک کو بیرونی ممالک کی امداد کے ذریعہ گوارستان، سکھستان، ہولستان، ناگستان، کشمیرستان، طفلستان اور قبرستان ایسے مجوزہ کم از کم پچیس حصوں میں تقسیم کر دیا جاتا تو نتائج اتنے ہولناک نہ ہونے پاتے ــــ" (مولا بخش لائبریری پٹنہ کا ریکارڈ) غدر کے ذمہ دار سب سے زیادہ ملک کے متعدد رسائل اور پبلشرز ہیں جنہوں نے غدر نمبر نکالنے کے لیے غدریہ حالات کو ہوا دی ــــ" محکمۂ موسم کی اطلاع کے مطابق غدر کا طوفان اپنے صحیح وقت پر آیا۔ غدر کا آنا ضروری تھا، اگر اس وقت غدر نہ آتا تو زلزلہ آتا ــــ بقول سڈنی کارٹن ــــ" زلزلے سے غدر ہمیشہ بہتر ہوتا ہے" ــــ غدر کے صحیح حالات اور عینی مشاہدات کی نایابی کا سبب یہ ہے کہ غدر سنتے ہی یا تو پرانی والے چھٹی لے کر اپنے اپنے گھروں کو چل دیئے۔

یا گھر بیٹھے رہے۔ جو ہوش میں تھے بےہوش ہو گئے اور ہوش آنے پر غدر فرو ہو چکا تھا ــــــ

ملک کے سیاست دانوں اور ادیبوں میں غدر ہونے اور نہ ہونے پر وسیع پیمانے پر مناظرے چھڑ گئے تھے، کچھ لوگ چاہتے تھے کہ غدر کا خالی استقبال کیا جائے اور اس کی شاندار جوبلی منائی جائے، غدر نمبر اور غدر ڈے ہوں۔ یہ لوگ نرم جماعت سے تعلق رکھتے تھے۔ مگر اکثریت ان کے خلاف تھی جن کا تعلق گرم پارٹی سے تھا۔ یہ ماضی کا ماتم نہ پسند کرتے تھے اور خواہاں تھے کہ ان کے بزرگوں نے ۱۸۵۷ء میں غدر کی جس تقریب کی بنیاد ڈالی تھی اس کا جشن صدسالہ منائیں اور جیسا کہ فرنگیوں نے کیا تھا، انسانیت کی لاش پر فاتحہ پڑھیں تاکہ اس کا ایصالِ ثواب اُن کی روحوں کو پہونچ سکے۔ اور ابلیسِ اعظم انھیں اپنے جوارِ رحمت میں جگہ دے سکے۔ ماضی کی روایات کو زندہ رکھنے کے لیے سن ستاون کی تقلید اشد ضروری تھی۔

تاریخ | آل احمد سرور، فیض احمد فیض اور سردار جعفری وغیرہ نے غدر کی تاریخ کہی ــــــ

فیض ــــــ گلوں نے رنگ بھرا ہے بہار گذری ہے
که عندلیب غدر نغمہ بار گذری ہے

۲۲۷۴ ۱۱۰۳ھ ۶ ۱۳۰۷ء

جعفری ــــــ تفنگ و تیغ کو بڑھ کر ذرا سلامی دو
کہ سرخ پوش مرا غدر شہسوار آیا

۱۹۵۷ء

لٹن لائبریری علی گڑھ (شعبۂ مخطوطات) کے پرانے کرم خوردہ نسخہ جات میں ہم کو ایک تاریخ پروفیسر آل احمد سرور کی لکھی ہوئی ملتی ہے۔

اے گل بتو خرسندم تو بوئے غدر داری

۱۹۵۷ A.D.

(بشکریہ لٹن لائبریری علی گڑھ)

شروعات

غدر اچانک شروع ہو گیا، غدر صحیح وقت پر یعنی ۲۶ جون ۱۹۵۶ء کے دن بارہ بجے شروع ہوا، ہم اس کے بارے میں بالکل دعوے سے نہیں کہہ سکتے کہ غدر پنجاب سے شروع ہوا یا یو۔پی سے یا دونوں جگہ ساتھ۔ لیکن جو مواد دستیاب ہوا ہے اس سے یو۔پی کا نمبر آگے معلوم ہوتا ہے۔ غدر کا اہتمام ہندوستان میں کیا گیا تھا۔ مگر برصغیر کے دوسرے ممالک، لنکا، افغانستان اور نیپال، وغیرہ میں بھی پھیل گیا تھا۔ جیسا کہ تاریخی دستاویز سے ثابت ہوتا ہے۔ سب سے پہلے مرزا پور کی چھاؤنی میں مرزا بھوپا کے گھر کے سامنے سے شروع ہوا۔ واقعہ یہ بیان کیا جاتا ہے کہ مسمی منگل پانڈے (کہ جن کے دادا منگل پانڈے جنہوں نے ۱۸۵۷ء میرٹھ چھاؤنی میں چربی لگے کارتوس استعمال کرنے سے انکار کر کے غدر کا آغاز کیا تھا) جب گورنمنٹ راشن ڈپو سے گیہوں لینے گیا تو دوکاندار نے اس کو گیہوں ایک روپیہ کے ڈھائی سیر کے حساب سے دس سیر اس کے پلے باندھنے کی کوشش کر کے اس کے سادہ و معصوم جذبات سے کھیلنے کی کوشش کی ——— اس نے لاکھ سمجھایا بھی ——— نہیں بھائی ہم روپے کے ڈھائی سیر ہمیشہ لے جاتے تھے ہم کو ڈھائی سیر دو ——— مگر دوکاندار نے جھگڑا کرتے ہوئے کہا۔

"ہم دس سیر سے ایک تولہ کم نہیں دے سکتے۔ کیونکہ یہ حکومت کا حکم ہے"

اس طرح دوکان دار نے سستا اور زیادہ سودا دینے کے فریب میں نگل پانڈے کے جذبات کو مشتعل کرنا چاہا تو وہ اور بھی مشتعل ہو گیا۔ شاید نگل پانڈے اس پر بھی صبر کر لیتا۔ مگر جب اس کو روپے کے چالیس آنے واپس لوٹانے کی کوشش کی گئی تو اس کے صبر کا پیمانہ لبریز ہو گیا اور اس نے غصے میں پاگل ہو کر تین چار کو وہیں ڈھیر کر دیا اور اپنا ریوالور بلند کر کے اعلان کر دیا۔ ہم اس حکومت کا خاتمہ کر دیں گے جو اس قسم کے سستے سودے بازی کے ذریعہ سمجھوتہ کرنا چاہتی ہے ------"

فوج و سپاہیوں نے نگل کا ساتھ دیا اور دیکھتے دیکھتے منگل کی اولاد نگل نے جنگل کے منگل میں دنگل برپا کر دیا ----- چھاؤنی میں آگ لگا دی گئی۔ افسران کو گولی سے اڑا دیا گیا، اور دلّی چلو کا نعرہ بلند کر دیا گیا -----

غدر

انگریزوں کے اسباب باندھنے ہی کے وقت سے غدر کے اسباب پیدا ہو چلے تھے۔ جیسا کہ ہم پہلے بھی لکھ چکے ہیں۔ مرزا پیڈ کی بغاوت اور دلّی چلو کے نعرے نے پورے ملک میں بغاوت کی آگ پھیلا دی۔ سب سے پہلے کشمیر کے بحری بیڑے نے اپنے باغی ہونے کی اطلاع بذریعہ تار وزیر حرب، اور وزیر اعظم کو دی۔ حکومت کے ذمہ داروں نے باغیوں میں نظم و نسق برقرار رکھنے کی خاطر اُن کی قیادت اپنے ہاتھوں میں لے لی۔ اور دلّی میں اُن کے استقبال کے لیے آل پارٹیز غدر کنونشن کی ایکشن کمیٹی نے ملک بھر کی تمام غدر یونٹس سے بذریعہ ریڈیو غدر کے کامیاب بنانے کی اپیل کی۔ چھوٹی بڑی تعداد میں باغیوں کے دستے دلی کی طرف بڑھنے لگے۔ ساری خلقت دلی کی طرف ٹوٹ پڑی۔ روزانہ شام کو وزیر اعظم لال قلعے کی برجیوں پر کھڑے ہو کر دوربین سے باغیوں

کا تماشہ دیکھتے۔ خود انھوں نے باغیوں کو سلامتی امن اور coexistence کا پیغام بھیجا جو آج تک لال قلعے کے تاریخی میوزیم کے اندر میموریل کارنر میں محفوظ ہے۔ مگر میموریل کارنر اکالیوں اور مرہٹوں کی یورش میں تباہ ہوگیا۔ امن کے پیغام نے مجاہدین کے سینوں میں آگ لگا دی۔ ویسے بھی برابر اطراف و جوانب سے خبریں آرہی تھیں کہ باغی امن کمیٹیوں کے دفاتر، تعلیمی درس گاہوں، ہسپتالوں، ریڈ کراس اور دوسرے سماجی اداروں میں آگ لگا اور تاپ رہے ہیں۔

حالات حالات بہت نازک تھے۔ تمام فوجیں اور صوبے خود مختار ہوکر باغیوں میں شامل ہوگئے تھے، ہر طرف بدامنی اور طوائف الملوکی کا دور دورہ تھا۔ خوف و دہشت کا یہ عالم تھا کہ مائیں اپنے جوان جوان کلیجے کے ٹکڑوں کو گھروں میں اپنے سینوں سے لگائے بیٹھی تھیں۔ اگر وہ ذرا بازار میں سودا سلف خریدنے بھی نکلتے تو انھیں فوراً دفاتر کے ڈائرکٹر اور کمپنیوں کے منیجر زبردستی پکڑ لیتے۔

"چلیے چل کر برانچ کے منیجر ہو جائیے۔ ہم آپ کو چھ ہزار ماہانہ تنخواہ دیں ـــــــ" اب وہ لاکھ خوشامد کر رہا ہے اور کہہ رہا ہے ـــــ "بھیا میں تو اپنی ماں کے لیے بازار سے دو پیسے کے پان لینے آیا تھا۔ اگر تم نے مجھے لے جاکر برانچ کا منیجر بنا دیا تو اماں کو پان لے جاکر کون دے گا۔ آسمان کے فرشتے یا زمین کے بھوت، پھر میں تو صرف میٹرک پاس ہوں، مجھے تو ساٹھ روپے کی کلرکی چاہیے ہے۔ کلرکی، مجھے اتنا بڑا آفیسر نہیں بننا ہے ـــــ" اور تیل والے ہنستے ـــ پھر خوشامدانہ لہجہ میں کہتے ـــــ "ارے ہم تو صرف آپ کو منیجر بنا رہے ہیں۔ آپ ہم سے کچھ زیادہ تو مانگ کر دیکھئے ـــــ آخر آپ تیل کا کام کر کے تیلی ہی بنا تو

رہیں گے۔ پھر ہمارا کام تو صرف آٹھویں پاس سے بھی چل جاتا۔ آپ تو میٹرک ہیں میٹرک ــــ ہمیں آپ کا شکر گزار ہونا چاہیے کہ آپ کے تیلی ہو جانے سے آپ کی ذات والا صفات پر جو اثر پڑے گا آپ بلا اس کا لحاظ کیے ہمارا کام کریں گے۔" ــــ مگر نوجوان رو تا پیٹتا۔

ــــ نہیں نہیں ــــ خدا کے لیے مجھے چھوڑ دو ــــ مجھے جانے دو ــــ میں کلرک پیدا ہوا ہوں، مجھے کلرک ہی رہنے دو ظالمو ــــ مجھ سے میری کلرکی نہ چھینو ــــ مجھ پر رحم کرو رحم ــــ" اگر باجی بر وقت انھیں بچا نہ لیتے تو ان کو کمپنی یا دفتر والے زبردستی کام دلانے پکڑ کر لے جاتے۔ روزگار کا ہوّا لوگوں پر اس بری طرح سوار تھا کہ وہ سر شام ہی اندر سے اپنے گھر والوں کے کواڑ بند کر بیٹھ رہتے۔ اگر مجبوراً یا بھولے بھٹکے کوئی دن میں بازار کی طرف نکل جاتا تو دوکاندار مفت غلّہ کپڑوں کے تھان کے تھان۔ ہر قسم کی ضروریات و آسائش زندگی۔ بے انتہا ریزگاری و نوٹ اس کے سر منڈھ دیتے ــــ

شادی بیاہ اور روزگار کا یہ عالم تھا کہ سرکاری گرگے ہر طرف برابر تاک میں لگے رہتے۔ اگر مخبری ہو جاتی کہ فلاں شخص، اس کا لڑکا یا خاندان میں دور دراز میں کوئی بے روزگار یا کنوارا ہے یا اس کے پاس صرف ایک مکان ہے یا محض ایک نوکری یا ایک بیوی ہے تو زبردستی سرکاری طور پر اس کا اغوا کر کے اس کو نوکریوں اور چھوکریوں سے لاد دیا جاتا۔ اور جبراً قہراً کسی کسی کو کوٹھیوں اور بنگلوں کا مالک بننا پڑتا۔ لوگ اپنی اپنی مصیبتوں اور پریشانیوں سے نجات پانے کے لیے جنگلوں کی طرف نکل بھاگے۔ بیچارے کنوارے اگر عیاشی کے لیے جنگلوں کا رخ کرتے تو انھیں اس سلسلے میں بڑی مایوسی ہوتی۔ کیونکہ تمام طوائفیں تیرتھ یاتراؤں وغیرہ کے لیے چل دی تھیں۔ یا خیر سگالی وفد لے کر ممالک غیر

میں اپنے اپنے ملکوں کی نمائندگی کرنے کو سدھار چکی تھیں۔

ظلم و ستم کی حد یہ تھی کہ عوام طوق تقفیں چاہتے تھے اور حکومت اُن کے گلے بوہا باندھنا چاہتی تھی۔

ملک میں لیڈروں کا پتہ نہ تھا۔ بڑی مشکل سے باغیوں کو پتہ لگا کہ اجمیر میں ایک لیڈر موجود ہے۔ باغی بڑی تعداد میں اس کی زیارت کو جمع ہوئے اور اس کی زندگی میں اس کا بڑا شان دار عرس دو چندی کروائی۔ پھر اسے عجائب گھر میں محفوظ کر کے اس پر ٹکٹ لگا دیا۔ تعلیم کا یہ عالم تھا کہ لوگ جبراً بڑی بڑی سزاؤں میں پڑھنے کے لیے بھیج دیے جاتے، مقابلے کے امتحانوں کا سال بھر برابر اشتہار نکلتا رہتا، آخر میں مجبور ہو کر حکومت باغیوں سے چھپ کر آبادیوں میں دھاوے مارتی اور تعلیم یافتہ نوجوانوں کو اغوا کر لیتی۔ سرکاری سپاہی ان اغوا شدگان کو امتحانات کے ہال میں لے جا کر بند کر دیتے۔ کامیاب ہونے کے لیے صرف امتحان میں شرکت ضروری ہوتی۔ اگر کوئی رشوت یا پگڑی دینے کی کوشش کرتا تو افسران اسے سمجھ نہ پاتے۔ آخر میں باغیوں کا زور اتنا بڑھ گیا اور لوگ نوکری کرنے کے حیر کی بھی دشمنی نہ ہوتے تو حکومت نے مجبوراً نجومیوں اور رمالوں کو پیش کش کی وہ اپنے علم و عمل سے ایسے لوگوں کے نام اور پتے بتائیں جو ہمارے کام آسکیں۔ نجومیوں کی نشاندہی پر حکومت کے چھاپہ مار دستے کلرکوں اور پٹواریوں تک کو اعلیٰ عہدوں پر تعینات کرنے کے لیے ان کے گھروں سے برآمد کرتے۔ اکثر اس سلسلے میں باغیوں و چھاپہ مار دستوں میں بڑی سخت جنگ بھی ہوتی۔

عدالتوں کو گواہ نہ ملتے۔ لوگ ڈر کے مارے گواہی دینے نہ آتے کہ کہیں اسی بہانے

بلوا کر ہم کو سرکاری افسر یا وزیر نہ بنا دیا جائے۔

ڈگریاں ترکاری کی طرح سڑکوں پہ اس طرح بکتیں جس طرح آج کل لوگ دوائیاں بیچتے ہیں۔ سوائے چند دیہاتیوں کے جو گھر سجانے کے لیے لے جاتے۔ بقیہ انھیں آنکھ اٹھا کر بھی نہ دیکھتے۔ یا معصوم بچے پتنگیں بنا کر اڑاتے۔ حکومت نے باغیوں کے سامنے یہ پیشکش بھی کی کہ —— "ہم تنخواہیں اور بونس بڑھا دیں گے، تعلیم اور سستی کر دیں گے، عقل سے کام لیں گے، نوکریاں عام کر دیں گے، ٹیکس معقول کر دیں گے ——" مگر باغی یہ سب چاہتے ہی نہ تھے۔ ان باتوں سے وہ اور بھی مشتعل ہو جاتے ——

باغیوں کا راج

یہ بیز جاگو ملنہ پرکار اور دانشوری پر سارکی کی سند سے یہ بات پایۂ ثبوت تک پہنچ چکی ہے کہ دلی پر باغیوں کا قبضہ ڈھائی دن اور تین گھڑی رہا۔

لوٹ مار و قتل عام

باغیوں نے امن کمیٹیوں، ہسپتالوں، تعلیم گاہوں، ریڈ کراس کے دفاتر، منصوبے بنانے والے مرکز، ٹڈی مارنے والے جہازوں، آگ بجھانے والے انجنوں، دفتر روزگار، اور اناج والنے والے دفتروں، حفاظتی چوکیوں، پانی گھروں، بجلی گھروں اور صنعتی و زراعتی کارخانوں کو خوب لوٹا۔ انھیں جو بھی راہبری یا کام کرتا ملا اسے انھوں نے سولی پر چڑھا دیا۔

باغیوں میں پھوٹ

عین اس وقت جب غدر اپنے نقطۂ انتہا پر پہنچ چکا تھا باغیوں میں پھوٹ پڑ گئی۔ اس کے بارے میں لوگ مختلف الرائے ہیں۔ کچھ کہتے ہیں کہ باغیوں نے پھوٹ کھائی تھی۔ مگر بقیہ کچھ اور سبب بتلاتے ہیں۔ یعنی یہ کہ لوگ غدر کی جوبلی منانا چاہتے تھے۔ انھوں نے لوٹ مار کو پسند نہیں کیا۔

اور حکومت سے جو فرار ہو کر اپنے موسم گرما کے پہاڑی دفاتر میں روپوش ہو گئی تھی۔ اور باغی ابھی ان لیڈیوں تک نہ پہونچ سکے تھے انھوں نے حکومت سے خفیہ ساز باز کرلی۔ سازش کامیاب ہوئی۔ غدار کرنے والے رات کو خود اپنے ہی آدمیوں کے ہاتھوں گرفتار کر لیے گئے۔

واقعہ واقعہ ہوا کہ نرم پارٹی جو صرف جوبلی منانا اور غدر نمبر نکالنا چاہتی تھی گرم پارٹی سے جو غارت گری پر آمادہ تھی اس سے الگ ہونے کے باوجود بظاہر ملی ہوئی تھی۔ اس نے جشن غدر منانے کے بہانے مٹھائی کے ٹوکروں میں اپنے سپاہی اور میگزین منگوا لیے اور رات کے پچھلے پہر ان مسلح سپاہیوں نے دلّی دروازہ کھول دیا۔ حکومت کی فوجوں نے اچانک شبخون مارا جو کامیاب رہا۔ باغیوں کے تمام سرغنہ گرفتار کر لیے گئے۔ معمولی جھڑپوں کے بعد تمام باغیوں نے ہتھیار ڈال دیئے۔ اور عام معافی و امن و امان کی پیش کش کی۔

گرفتاریاں اور معافیاں عام باغیوں کو جرمانے ادا کرنے یا تا برخاست عدالت کی سزا دے کر چھوڑ دیا گیا۔ نابالغوں اور طالبعلموں کو شبہ کا فائدہ دیتے ہوئے سال سال بھر کے نیک چلنی اور ضمانت و مچلکے بھروا کر چھوڑ دیا گیا۔

مقدمے و سزائیں جن کو سزا دینا تھا ان کو طویل و مختصر سزاؤں کا حکم سنا دیا گیا۔ پھر بھی باغیوں کی بڑی تعداد پر سختی کر کے انھیں رہا کر دیا گیا۔ اس کے بعد غدر کے قائدین پر مقدمہ چلانے کی تحریک ہوئی۔

تاریخی مقدمہ لال قلعے میں غدر کرنے والے باغیوں کے سرغنہ پر تاریخی مقدمہ

پیلا یا گیا جس کی خصوصیت یہ تھی کہ اس کی کوئی تاریخ نہیں مقرر کی گئی تھی پھر بھی غالباً وہ سنیچر کا دن تھا۔ باغیوں کے بیانات شروع ہوئے۔ مجمع اس کثرت سے تھا کہ مجبوراً تماشائیوں پر ٹکٹ لگایا گیا، بالغ نصف اور نابالغ دوگنے دام ادا کر کے تماشائیوں کی گیلری میں بیٹھ سکتے تھے۔ پریس، وکلا، مجرمین، گواہان اور جیوری پر کوئی ٹکٹ نہیں لگایا گیا تھا صرف اُن سے پیسے لے لیے گئے تھے۔

باغیوں کے بیانات اور سزائیں

سب سے پہلے باغیوں کے قائد منگل پانڈے کو کمرۂ عدالت میں پیش کیا گیا۔ ان کے برآمد ہوتے ہی مجمع قابو سے باہر ہو گیا۔ شیم شیم اور ہیر ہیر کے نعروں اور پھولوں و گندے انڈوں کی بارش میں منگل کو دوست و دشمن کی تمیز کرنا مشکل ہو گئی۔ گر پھر بھی اس نے سب کا شکریہ ادا کیا کیونکہ مقدمہ لال قلعے کے فوجی کورٹ میں بصورت کورٹ مارشل ہوا تھا اس لیے مارشل نے منگل سے اس کا بیان حلفی شروع کرنے کا حکم دیا۔

مارشل ______ "تم کو اپنی صفائی میں کچھ کہنا ہے؟"

منگل ______ "صفائی کی ضرورت مجھے نہیں تم کو ہے ______"

"تم نے غدر کروایا! کیا یہ الزام درست ہے ____ بولو ____؟"

"ہاں مجھے فخر ہے کہ میں نے غدر کروایا ____"

"عدالت یہ جاننا چاہتی ہے کہ ایسا کیوں ہوا ____"

"عدالت اس کے اسباب جانتی ہے ____"

"اور تم کو یہ بھی معلوم ہے کہ تم حکومت کے باغی ہو ____"

"ہاں مجھے اپنے باغی ہونے پر ناز ہے ____"

"اور بغاوت کی سزا کیا ہے۔ یہ بھی جانتے ہو"

"تمہاری سزاؤں کی جس کو پروا ہو وہ ان کو جاننے کی کوشش کرے۔ بنگالی اس کی ضرورت محسوس نہیں کرتا۔"

"حکومت تمہاری شکایات جاننا چاہتی ہے۔"

"کیا حکومت یہ جاننا چاہتی ہے کہ بنگال باغی کیوں ہوا۔ کیا حکومت کو یہ علم نہیں ہے کہ اس نے روپیہ کے چالیس آنے اور ڈھائی سیر کے بجائے دس سیر کا اناج کر دیا۔ کیا حکومت نے ریاستیں اور زمینداریاں نہیں ضبط کیں۔ میں پوچھتا ہوں کہ حکومت نے اس کے لیے عوام کے نمائندوں سے بھی رائے لی تھی، ان کے جذبات کا بھی خیال کیا تھا۔ (عوام کے نعرے شیم شیم اور عدالت کی آرڈر آرڈر کی صدائیں) کیا حکومت نے منصوبے نہیں بنائے۔ ہر پانچ سال بعد ایک منصوبہ، آخر کوئی حد بھی ہے اس تعمیر کی۔ اسے کوئی برداشت کر سکتا ہے۔ کیا آج مجھے گرفتار کرنے والے بتا سکیں گے کہ انھوں نے بے روزگاری کو کیوں ختم کر دیا۔ طوائفوں کو کیوں ختم کیا۔ کیا میں جھوٹ کہتا ہوں کہ ہمارے لیے تعلیم کو سستا اور آسان نہیں کیا گیا۔ پھر جب ہر چیز سستی اور ارزاں کر دی جائے گی تب ہماری نسل میں تلاش معاش و فاقہ مستی کا خمیر اور جستجو کا مادّہ کہاں سے آئے گا۔ کیا حکومت کو علم نہیں کہ روزگار دلانے والے دفتروں نے ہمارے بیٹوں اور بیٹیوں کو زبردستی روزگار دلا کر ہمارے سینوں پر کدال اور پھاوڑے دھڑلے سے نہیں چلائے۔ ہماری معصوم حسرتوں نے ہمارے ناگاساکی اور ہیروشیما بنانے کے سنہرے خوابوں کو مسمار نہیں کیا۔

میں پوچھتا ہوں۔ کہاں ہیں وہ ارباب حکومت جو اس وقت انگریزوں کو ملک سے

نکال رہے تھے جنھوں نے ملک کی تقسیم کرنے وقت مقامی و علاقائی آزادیوں و خود مختاریوں کو ہمیشہ کے لیے ختم کر دیا. جنھوں نے اپنی حکومت اور طاقت کے گھمنڈ میں صوبائی و علاقائی و سیاسی تعصب اور متعصب جماعتوں کو ہمیشہ کے لیے موت کی نیند سلا دیا میں کتا ہوں کیا وہ ملک کے اور مزید حصے نہیں کر سکتے تھے. کیا ہمارے وزیروں اور لیڈروں نے اپنے پیٹ کاٹ کر اور پیدل دورے کر کے ہماری ناک دوسرے ممالک کے سامنے نیچی نہیں کی. انھوں نے اپنی تنخواہیں اور الاؤنس کٹوا کٹوا کر کیا ہماری وفاداری سلب نہیں کی. کیا اب بھی وہ ہمارے نمائندے رہ گئے. کیا وہ رشوتیں نہیں لے سکتے تھے، کیا وہ اپنی تنخواہیں نہیں بڑھا سکتے تھے. کیا ایسا کرتے انھیں شرم محسوس ہوتی تھی. کیا اسی دن کے لیے وہ ہم سے ووٹ مانگنے آئے تھے. کیا حکومت نے چوریوں، ڈاکوں اور بے ایمانیوں کو ختم کر کے جیل، پولیس اور عدالتوں کو مفلوج نہیں کر دیا. کیا جنگ نہ کرنے کے معاہدے نے ہماری فوجوں کو بے کار نہیں کیا. کیا فوجوں کا یہی کام ہے کہ وہ گھاس کاٹیں اور بجائے ٹینک کے ٹریکٹر چلائیں — کیا ان حالات کے ہوتے ہوئے بھی حکومت سمجھتی ہے کہ غدر نہ ہوتا. کیا یہ حالات غدر کرنے کے لیے کم تھے. کیا حکومت کو غدر کروانے کے لیے آسمان سے کسی قیامت کے نازل ہونے کا انتظار تھا —"

تقریر کرتے کرتے ننگل پانڈے شدت جذبات سے مغلوب ہو کر دم لینے کے لیے بیٹھ گیا. تماشائیوں میں ننگل پانڈے کی جے جے کار ہونے لگی اور مارشل نے "آرڈر آرڈر" کی اپیل کے بعد حکم دیا —

"چڑھا دو سولی پہ اس باغی اور غدار کو — ہم اس کے لیے پھانسی

کی سزا تجویز کرتے ہیں۔ اور حکم دیتے ہیں کہ بقیہ باغیوں کا مقدمہ اگلی میٹنگ میں بند کر کے تب چلایا جائے۔ ورنہ خطرہ ہے کہ دوبارہ یہ بغاوت کی چنگاریاں بھڑک کر شعلوں میں نہ تبدیل ہو جائیں ___ مارشل کے اس حکم اور جیدی کی اتفاق رائے سے امر شہید ننگ کو سولی پر چڑھا دیا گیا۔ پھر نہ پتہ چلا کہ بقیہ باغی سرداروں کو زمین کھا گئی یا آسمان ...... اب غدر کے چرچے رہ گئے ہیں ... ___ تاریخ کے تسلسل کو برقرار رکھنے کے لیے ہمیں غدر کے بارے میں صرف اتنا ہی مواد ملتا ہے۔

کپور — ایک تحقیقی و تنقیدی مطالعہ

جو ادیب طنز نگار ہیں ان میں سے ایک آدھ سے مجھے بار بار ملنے کی خواہش ہوتی ہے۔ ان ہی میں سے یہ حضرت کپور بھی ہیں۔ کپور کی گرفت مجھ پر اس وجہ سے ہے کہ یہ ایک مزاح نگار ایک طنز نگار ہیں۔ اور اس سب کے باوجود ویسے ہیں جیسے کہ عام طور پر ہم آپ ہوتے ہیں۔ تنقید میں لوگ کبھی انہیں اچھا کہتے ہیں، کبھی برا۔ مجھے یہ دونوں باتیں ناپسند ہیں۔ آڑی ترچھی نہیں کسے پسند ہوتے ہیں۔ الٹی چیز سیدھی یا سیدھی الٹی نظر آئے تو کوئی تعجب کی بات نہیں مگر حیرت ضرور ہوتی ہے، کیونکہ طنز کا تقاضہ ہے وہ یک رنگی میں ظرافت اور ظرافت میں یک رنگی پیدا کرے۔ مگر مجھ سے پوچھا جائے کہ اردو ادب نے ہم کو کیا دیا تو میں یہ تین نام لوں گا۔ غالب، اقبال اور کپور، غالب اور اقبال کی خطا اس وقت معاف کیجیے اور کپور کی بات کیجیے۔ جو طنز نگار اپنے قاری کو اپنا ہمراز و دمساز نہ بنا سکے وہ طنز نگار نہیں، مولوی یا لیڈر ہوگا، ۔۔۔ جبل کر

وہ سروں کو ہنساتے ہیں۔ کڑھنا اور ہنسانا وہ امتیاز ہے جو ان کے سوا کہیں نظر نہیں آتا زمانے نے طنز نگاروں کے ساتھ کبھی اچھا سلوک نہیں کیا۔ اس لیے کہ طنز نگار خود زمانے کے ساتھ اچھا سلوک نہیں کرتے۔ یہ بات ہمیشہ بھول جانی چاہیئے۔ طنز نگاروں پر کبھی بھروسا نہیں کرنا چاہیے۔ مجھے یہاں وہ باتیں ثابت نہیں کرنی ہیں جو ابھی ابھی کہی گئی ہیں ان کے بہت سے مضامین ایسے ہیں جن پر خون خرابہ ہو سکتا ہے، خون زیادہ خرابہ کم۔ ایسے ہی مضامین پر میں سر دھنا کرتا ہوں، یہی تاثر دلیری اور دلبری دونوں کا باعث ہوتی ہے۔ ان کا کارنامہ یہ ہے کہ انھوں نے طنز کو ہمارا کلچر اور ہمارے کلچر کو طنز بنا دیا۔ طنزیات و مضحکات میں طنز کا "یہ تصرف دوام" مبارک سمجھا جائے یا نہیں، حیرت انگیز ضرور ہے۔ انھوں نے طنز کی وضاحت کی ہے امامت کا دعویٰ نہیں کیا ہے۔ یہ وہی طنز نگار کر سکتا ہے جس کی گرفت زندگی پر ہو نہ کہ وہ جو زندگی یا طنز نگاری کی گرفت میں ہو۔ اس گرفت میں کپور ایسے آئے جیسے فلمی گانوں کے درمیان اور دوران میں پکے گانوں کا کوئی استاد وارد ہو جائے۔ کپور دو اور دو پانچ مانتے ہیں، ریاضی سے یہ لگاؤ دوسروں کو ناگوار ہو تو ہو مجھے گوارہ ہے۔"

(بہ طرز پروفیسر رشید احمد صدیقی)

"کپور کی طنز نگاری ہمارے ادب کے تہذیبی سرمائے کے اس سماجی اظہار سے منسلک ہے جو معاشی و معاشری حالات اور میکانکی قوتِ نمو کے ارتقاء کی جدوجہد، تخلیقی عمل اور جمود کے سماجی ٹکراؤ سے انفرادی پسندیدگی کی صورت میں برآمد ہوتا ہے اس کا عمرانی مفہوم میرے نقطۂ نظر کے فلسفیانہ ربط اور اشتراکی حقیقت نگاری کی طبقاتی

کشمکش کے اجتماعی شعور میں عام ہے۔ یہ ریاضیاتی تناسب اور مابعدالطبیعات کے لاشعوری تضاد کے بعد المشرقین میں مل جائے گی۔ کبھی کبھی یہ بُعد المغربین کی نامیاتی صورت میں بھی ظاہر ہوتی ہے۔ مگر اجتماعِ ضدّین ہر کسی نقطۂ نظر سے قطعی غیر منطقی ہے کیونکہ اس کے مثبت و منفی اثرات اپنے سطحی مفہوم کی توضیح کے لیے مروّجہ عصری روایات کی مادّیت، ہیئت، اور مواد کی گتھیوں میں اُلجھ کر رہ جاتے ہیں۔ اس کے ساتھ ہی تاریخی جبریت کی حقیقت پرستی جو ادب برائے زندگی کی ترویج میں زمان و مکان کو اپنی گرفت میں لاکر رجعت پرستی کا تاریخی تجزیہ کرتی ہے، تاریخی مادّیت کے سماجی محرکات کی سطحی خارجیت کی داخلی کثافتوں سے آلودہ ہوکر اپنے مبہم مفہوم میں سماجی ڈھانچے کو پیش کرتی ہے۔ کیونکہ واقعیت کا جامد تصور اُن کے مزاحیہ نصب العین کی توجیہہ کر دیتا ہے۔ طنز و ظرافت کی یہی مادّی کشمکش سماجی نظام کی حکیمانہ پیروڈی پیش کرتی ہے۔ اس سے سماجی پیچیدگیوں کے مافوق الفطرت مسائل پر روشنی پڑتی ہے۔ اور بین الاقوامی بورژوا سماج کے مخصوص فلسفۂ حیات کی ذہنی کشمکش پرولتاری طبقے کے طبقاتی شعور کی صورت میں ظاہر ہوتی ہے۔ حاکم اور محکوم کی یہ کشمکش اُن کے طنز کا نشانہ ہے۔"

(بہ طرز پروفیسر احتشام حسین)

• "ادب میں طنز کا وجود محض فرضی ہے۔ یہ صفر کا نقطۂ خیال ہے۔ یا زیرے کی موہوم کمر۔ اس طرح کے طنز اور صحیح ظرافت میں فرق بُعد المشرقین ہے۔ یہ فرق یہاں کم معلوم ہوتا ہے۔ مگر دوسروں کے مقابلے میں نسبتاً زیادہ ہے۔ یہ دلچسپ ضرور ہے لیکن اسے ظرافت سے

کوئی خاص لگاؤ نہیں۔ اس کے مطالعہ کرنے سے طنز و ظرافت کی اہمیت میں اضافہ ممکن نہیں۔ اس لحاظ سے یہ اوروں پر فوقیت رکھتا ہے۔ دنیائے طنز میں اس کی وہی اہمیت ہے جس کی حامل پطرس کی ظرافت ہے۔ یہ گویا مزاح کا بلند ترین نقطہ ہے اس سے آگے فکر کی رسائی نہیں، اس محدود طاقت پرواز کا ہونا نہ ہونا برابر ہے، تفصیل کی یہاں نہ گنجائش ہے نہ ضرورت، نہ وقت۔ غالباً یہ پطرس کو دیکھ کر میدان میں آئے، مگر افسوس کہ ان میں پطرس کے محدود اوصاف کا بھی مطلق پتہ نہیں، ان کی کتابوں کے دیباچے پڑھنا گویا جہاد کرنا ہے۔ لیکن اس جہاد سے بھی کوئی دینی یا دنیوی فائدہ مقصود نہیں۔ کیونکہ ان کے خیالات ماخوذ، واقفیت محدود، نظر سطحی، تخیل ادنیٰ، علمیت غائب، شخصیت اوسط، املا غلط، انشا غلط، بزعم خود غلط، پھکڑ کورانہ تقلید میں مثل آفتاب روشن، اس کا خیال بھی نہیں ہوتا کہ ان سے اور مروج طنز سے کوئی لگاؤ بھی ہے۔ نظر حسب معمول جسم پر ہے، دوسرے کی آنکھوں سے دیکھتے ہیں۔ ان کی عینک مانگے کی ہے۔ آواز اپنی نہیں محض ایک صدائے بازگشت ہے۔ یہ آواز اردو طنز کی تکمیل ہے۔ یہاں جو کچھ لکھا جائے گا اس سے ان کی تحقیر مقصود نہیں، ان کی اہمیت اپنی جگہ پر مسلم ہے۔ یہاں صرف اتنا کہنا کافی ہو گا کہ ان کی نظر سطحی ہے۔ اسی وجہ سے اُن کے قاری کو ذہنی جمناسٹک کی ضرورت پڑتی ہے، مگر ان تمام باتوں کے باوجود کسی نے اب تک "نرم گرم" سے بہتر کارنامہ پیش نہیں کیا۔ یہ خیال کہ "نرم گرم" اردو میں طنز و ظرافت کا بہترین کارنامہ ہے۔ نہایت حوصلہ شکن ہے۔ جس کو یہ طنز کہتے ہیں اس کا ظرافت سے دور کا بھی لگاؤ نہیں ہے۔ اس سے صاف ظاہر ہوتا ہے کہ یہ طنز و ظرافت کے بیچ میں معلق ہیں۔ ان کی اہمیت باوجود قابل قدر اضافوں کے بہت زیادہ نہیں،

ان کی وقعت مشاعروں کے سبحان اللہ سے زیادہ نہیں۔ اس کا سبب ان کی مزاحیہ کجروی کے سوا کچھ نہیں، ان کی حیثیت ایک ایسے طالب علم کی ایسی ہے جن کی شخصیت ایسی ہے جیسی کہ عام طور پر شخصیت ہوا کرتی ہے جو ان کی قوت ایجاد کی کمی ظاہر کرتی ہے۔ ان کے مضامین پڑھنے کے لیے ایک عمر چاہیے۔ یہ ایک طالب علم کے کارنامے ہیں جو قابل رشک ہیں۔ یہ مضامین اتنے شگفتہ و دل بہار ہیں جن سے ثابت ہوتا ہے کہ مصنف اس کا اہل نہیں کیونکہ یہ عمر طبعی پر پہونچنے سے قبل ہی مصنف بن بیٹھے یہ مضامین اسی عجلت اور کم سنی کا نتیجہ ہیں۔ اس سے ان کی مزاحیہ بوکھلاہٹ کا پتہ چلتا ہے۔ اس قسم کی بوکھلاہٹ مصنف کو دلیر بنا دیتی ہے۔ اور وہ ایسی حرکتیں کر بیٹھتا ہے جس سے فرشتے لرزتے ہیں اور نقّاد قلم اٹھاتے ہیں۔"

(پروفیسر کلیم الدین احمد)

"مجھے ــــ یہ ــــ کہنا ہے ــــ کہ ــــ پور... کے مضامین میں جو وہ لکھتے ہیں وہ مضامین اور ان کے دوسرے مضامین جو طنزیہ و مزاحیہ ہوتے ہیں، ان مضامین میں میرے خیال میں جہاں تک میں نے ان کا تنقیدی تجزیہ کیا ہے اور میں جن نتائج پر بالترتیب پہونچا ہوں اُن سے صرف ایک ہی نتیجے پر پہونچا ہوں کہ یہ مضامین اپنی جگہ پر ایسے مضامین ہیں جن میں میری دانست میں طنز ہے یعنی ان مضامین میں طنز ہے ــــ طنز ــــ میں یہ کہتا ہوں کہ ان مضامین میں اپنی جگہ پر جیسا کہ لکھ چکا ہوں طنز ہے۔ ایسا طنز جو سودا، غالب، اکبر، رشید احمد صدیقی، فرحت اللہ بیگ، پطرس، شوکت تھانوی، سید محمد جعفری، شفیق الرحمٰن، غلام احمد

فرقت اور کنہیا لال کپور کے یہاں پایا جاتا ہے اور جس کی بے شمار مثالیں مغربی ادب سے پیش کی جا سکتی ہیں۔ مثلاً پوپ، سوئفٹ، لیکاک، مارک ٹوین وغیرہ کے یہاں جابجا آپ کو ملے گا۔ اور قدم قدم پر ملے گا، یہی وہ طنز ہے جس سے کپور اپنے مضامین میں طنز کا احاطہ کرتے ہیں۔ یعنی اپنے مضامین میں طنز کو جگہ دیتے ہیں جس کی وجہ سے ان کے یہاں طنز آ جاتا ہے۔ دوسرے معنوں میں یوں سمجھئے کہ پیدا ہو جاتا ہے۔ ایسا طنز جو دیکھنے میں عام طور پر طنز معلوم ہو اور جو کہ اپنی جگہ پر سوائے طنز کے اور کچھ نہ ہو۔ یہ بڑی اچھی بات ہے اور ہر جگہ اس بات کا ہونا مشکل ہے۔ مگر پھر بھی انھوں نے اس مشکل کو بخوبی نبھا دیا ہے، نبھانا بھی ایک آرٹ ہے اور اس آرٹ میں مجھے ——— طنز ملتا ہے طنز۔ لہٰذا اس سے یہ بات بخوبی واضح، ثابت اور روشن اور صاف ہو جاتی ہے کہ ان کے یہاں قاری کے علاوہ ناقد کو بھی بہ آسانی طنز دستیاب ہو جاتا ہے۔ اس طنز کو جو ان کے یہاں ہے ہم سوائے طنز کے اور بھلا کہہ بھی کیا سکتے ہیں جو کہ طنز ہے یعنی طنز ہی ہے۔ اگر کچھ اور ہوتا تو بھی طنز ہوتا۔ طنز کا ہونا اس امر کی دلیل اور کلی شہادت ہے کہ ان مضامین میں ہم کو طنز مل جاتا ہے۔ ابھی میں نے دلائل و شواہد سے اس بات کو واضح کیا ہے کہ طنز نگار کپور کے یہاں مجھے طنز ملتا ہے۔ جس میں ظرافت کی چاشنی، مغرب کے اثر سے آتی ہے اور بجنسہ موجود ہے جس کی وجہ سے میں یہ کہنے پر مجبور ہوں کہ ان کے یہاں جو چیز ہے وہ سوائے طنز کے اور کچھ نہیں ہو سکتی۔ میرا دل گواہی دیتا ہے کہ یہ طنز ہے۔ یہ موقع تفصیل میں جانے اور بحث کو طول دینے کا نہیں، اس لیے مختصراً عرض کرتا ہوں کہ ان کے یہاں طنز ہے جس کے لیے قسم خدا کی میں اب حلف اٹھانے تک کو تیار ہوں کہ ان کے یہاں طنز ہے۔"

(بہ طرز ڈاکٹر جماعت بریلوی)

"اس مخطوطے کو اختلاط طباعت کی کثرت کی وجہ سے کالعدم سمجھا جائے اس لیے میں اس سے استشہاد نہیں کروں گا، اقتباس بالا صہ ۹۲، سطر ۲ خط جو میں نے اپنی خوش دامن کو تحریر کیا تھا۔ حاشیہ نمبر ۲ مجھے بانکی پور لائبریری میں ایک مخطوطہ بوسیدہ اور سقیم حالت میں کیڑے کے مضامین کا مل گیا ہے۔ خاندان میں جملہ پرسان حال کو اس کی خوش خبری پہونچا دو کہ فی زمانہ ان سے جہاد میں مصروف ہوں۔ اندازہ ہے کہ اس کا تعلق بیسویں صدی کے نصف آخر سے ہے" جزئی باتوں سے قطع نظر ص۱۲ کہ ... دفتروں میں ایک نسخہ اور بھی ناقص مقدمہ ... ہونے کے برابر ہے۔ اگر اس کو تسلیم نہ کیا جائے تو مصنف کے ہونے کا سوال ہی پیدا نہیں ہوتا۔ حاشیہ "دھوبی کی کاپی" صفحہ، سطر ہ باوجودیکہ مضامین طنزیہ ہیں اور ظرافت کے باب میں اضافہ کرتے ہیں مگر افسوس ہے کہ ان میں جابجا مصدر کی علامتیں واضح نہیں کی گئی ہیں۔ صحت مشتبہ حالت میں ملتی ہے، کتاب میں صرف ایک بار ان کا استعمال ملتا ہے اس سے مراد غالباً کاتب ہو۔ جس کو شارحین نے کتابت کا غلط مطلب اخذ کر کے نہ جانے کیا قرار دے دیا ہو (ج ج ص۱۱) صحت سے بعید ہے، یہ نسخہ بیسویں صدی سے متعلق ہے۔ (ج۔ رغ ۳/۵) جہاں تک میرا علم ہے یہ مضامین نصاب میں داخل کرنے کے لیے لکھے گئے ہیں۔" ہنگامۂ تحریر نسخۂ تبریزی مطبوعہ الناظر جلد ششم ص۱۱ حوالہ طلب ہے اس وجہ سے لائق مسترد سمجھا جائے۔ یہ مسئلہ مابہ النزاع ہے کیونکہ کسی مستند فرہنگ میں اس کا حوالہ نہیں ملتا۔ یہ جہلات کا ایک نادر مجموعہ ہے جو ۲۲ × ۱۲ فٹ کے ۶۶۲ رم صفحات پر مشتمل ہے۔ ۱۷ سطری ضخیم

اب بھی مل جاتے ہیں۔ مگر نایاب ہیں۔ اس سلسلہ میں ایک خط کا اقتباس قابلِ توجہ ہے۔
"میرا خط میرے نام"۔ رسائل میں شائع کروانے کی غرض سے تحریر کیا گیا تھا۔ اب
تک کئی سال ناموں میں معمولی سی رد و بدل و ترمیم کے ساتھ شائع ہو چکا ہے۔ حافظے
کے لیے ملاحظہ ہو رسالہ "نرالی دنیا" "الٹی دنیا" "سیدھی دنیا"، اور "جگمگاتی دنیا"
اس کے بعد چھپنے کی نوبت نہیں آئی۔ کیونکہ ہنگامہ ہو گیا تھا کہ میرے اعتراضات سنگین
اور صحیح ہیں۔ ملاحظہ ہو۔ گھریلو جھگڑے ص ۱۲۳۔ موٹر گائیڈ ص ۱۲۔ کراماتِ الو عرف لاجواب
یعنی ساجن موہنی ص ۲۲۔ اصولی بحث میں یہاں صرف چند اعتراضات پر اکتفا کروں گا
مثلاً کتاب کے صفحہ ۲۲ سطر ۱۳ میں 'لا' کا غلط استعمال کیا گیا ہے جس کے لیے مصنف
کی تنبیہ ضروری ہے اور ہماری بحث سے خارج ہے، کیونکہ اس کو معاف کرنے
پر بھی اعتراض ہرگز رفع نہ ہوگا۔ پھر سنہ تو قطعی غلط ہے، حروفِ تہجی کی ترتیب سرے
سے غلط ہے۔ ابجد کے لحاظ سے کتاب کا پہلا لفظ الف سے شروع کرنے کے بجائے یے
سے شروع کیا گیا ہے۔ مصنف سخت تنقید کا مستحق ہے۔ ۹، ۸، ۷، ۶، ۵، ۴، ۳، ۲، ۱ اس
بات کو معترض الیہ کی جانب ہرگز نہ منسوب ہونا چاہیے۔ اس کے مایوس کن رویہ سے
برانگیختہ ہو کر فحش و دشنام سے کام لینا یہ بھی ایک کام ہوگا۔ اس قسم کے کاموں کی سخت
ضرورت ہے۔ جن تحقیق کے شہ سواروں نے اس نسخے پر اب تک بھروسا کیا، ان کے ساتھ
تنبیہی کارروائی کا ہونا سخت ضروری ہے۔ الفاظ سے جا بجا مترشح ہوتا ہے کہ سہو
کا زنا ہ دار کھا گیا ہے۔ الف . . . . ب پ ت ٹ ث، ج چ ح خ، د ڈ ذ،
ر ز ژ، س ش، ص ض، ط ظ، ع غ، ف، ق، ک، گ، ل، م، ن، و، ہ، لا، ء
ی، ے، ص ۸، ص ۹، ص ۱۰، ص ۱۱، ص ۱۲ مثلاً ج کی جگہ ح کا استعمال کم از کم، اکثر جگہ صریحاً

کیا گیا ہے جس کا نہ تو مزاح سے کوئی تعلق ہے اور نہ کاتب سے۔ یہ کھلا ہوا طنز ہے۔
رسالہ محرزہ ص ۲۵، ص ۲۴، ص ۲۳، ص ۲۲ فتح میں، و ۱۰ اور 'ط' نیک العفت، فی اتی تحت، الفتحہ
کا مصدر متعارف سکوت کی حالت میں ملتا ہے۔ مزاح میں مرثیہ کی کیفیت کی ذمہ داری
اسی لاابالی پن پر ہے۔ ص ۲۵، ص ۲۵ لفظ کی تصغیر میں با معنی لفظ کثیر الاستعمال محتاج ثبوت
و سند کے اعتبار سے ضبط کرنے کے لائق ہیں۔ فقرات شرح جا بجا نسخے میں ملتے ہیں جو قطعاً
نامعتبر ہیں۔ عبارت ذیل کے نکتے اس سلسلے میں حوالے کے بعد بھی فراموش نہیں کیے
جا سکتے، کیونکہ ص ص ص ص ص ص ص ص ص ص ص ص ص ص ص ص ص ص ص
بس جس سے ثابت ہو جاتا ہے کہ اس نسخے کا تعلق بیسویں صدی سے ہرگز نہیں بلکہ اٹھارھویں
صدی سے ہے۔ اور مصنف مرد نہیں بلکہ کوئی خاتون ہیں جن کی اردو دانی میں ہمیں
شبہ ہے ص
عروس ضمنیس نہ صفحۂ اول و صفحۂ ثانی میں جا بجا اشتباہ ہے۔ پھر یہ کہ کرہ ہمزہ بحذف
الف لغو اور سراسر مہمل و نامستقل جس سے اندازہ ہوتا ہے کہ یہ خاتون جن کو ہم کیمپ کے
نام سے فی الحال فرض کیے لیتے ہیں ان کے لیے سہو طبعی بود' کہنا مناسب معلوم ہوتا ہے۔
ص ۲، ص ۲۲، ص ۳۲، ص ۴۲، ص ۵۲، ص ۶۲، ص ۶۵، ص ۵۸، ص ۵۹، ص ۵۷، ص ۵۶، ص ۵۵، ص ۵۴، ص ۵۳، ص ۵۲
ص ۵۰

ان طنزیات میں 'ش' کے ساتھ محترمہ 'خ' بھی آئی ہیں اور 'ب' کے ساتھ 'پ' بھی۔
مگر افسوس کہ 'ت' کے ساتھ 'ٹ' نہیں ہے ورنہ ان طنزیات کی کچھ اور ہی شان پیدا ہو جاتی
ہائے ہوز کی سخت مٹی پلید کی گئی ہے۔ مصنف خود اس میں اپنے طنز کا نشانہ بن گیا ہے۔
ہائے مخلوط کی ٹھونس ٹھانس سے طبیعت میں ایک قسم کا بھاری پن اور گراوٹ محسوس ہوتی

ہے۔ طنز سطحی ہو کر رہ جاتا ہے۔ وہ جسمی ہے اور ہمزہ کے ساتھ بے تو جہی کھٹکتی ہے "واؤ" کا کثرت استعمال کلاسی کی شان کے خلاف ہے۔ اس کو روایت سے بغاوت متصور کیا جائے گا۔

مخترعات مصنوعی جو منافقوں نے بعد میں بطور حاشیہ پیش کیے ہیں، جمع حاضر واحد متکلم غائب کے صیغے میں چند کا استعمال نہایت بے باکی سے کیا گیا ہے مگر اس سے محترمہ کا احمق ہونا ثابت نہیں ہوتا۔ مگر یہ سند ہے کہ بیسویں صدی میں "چند" سنجیدہ مضمون میں بلا تکلف استعمال کیا جاتا تھا۔ یہ لفظ غریب نہیں تھا بلکہ سماج میں اس کی اہمیت تھی۔ مگر اس سے غلط فہمی پیدا ہو جانے کا خطرہ ہے۔ اس کے لیے کوئی مستند لطیفہ پیش کیا جانا چاہیے تھا، ضمائر میں مذکر و مؤنث کا التزام نہیں رکھا گیا ہے۔ اس میں مغرب کا اثر صاف جھلکتا ہے۔ ضمیر ۔ فاعل ۔ مکل ۔ صفت ۔ ۔ ۔ مصدر ۔ ۔ حرف ۔ معفول ۔ ۔ ۔ ۔ ۔ اس کے بعد یہ بات پایۂ ثبوت کو پہونچ جاتی ہے کہ زیر نظر مخطوطے میں کپور نام کا فرد مرد نہیں بلکہ عورت تھی۔ اور طنز نگاری میں یدطولیٰ رکھتی تھی جس کی تاریخی اہمیت اپنی جگہ پر مسلم ہے۔ اس پر مزید تحقیق کی گنجائش باقی رہ جاتی ہے کہ عورت بھی تھی یا نہیں۔ واللہ اعلم بالصواب۔

(بطرز قاضی عبدالودود)